怪談売りは笑う

蒼月海里

角川ホラー文庫
24382

目次

序　怪談を売る男

怪談あり〼。

そんなのぼりを立てた路上販売を目にした時は気を付けてほしい。

一見すると古びた和綴じの本を売っているだけのように見えるが、そこで売られているのは怪談だ。

怪談の本ではなく、怪談そのものなのだ。

買えば怪異に見舞われる。

この怪談を売る男の奇妙なところは、怪談の買い取りも行っているという点だろう。

彼に怪談を売れば、たちまち怪異に見舞われなくなるのだ。

まるで古本のように怪談を売買するこの男の目的は今のところ不明。インターネットに投稿される目撃談を調べ、時には現地に赴いて調査をするものの、進展なしである。

この男の正体と目的は読者諸君も気になることだろう。
私は引き続き、怪談を売る男の調査を行う。
進捗(しんちょく)報告を楽しみにしてほしい。

藤崎俊一(ふじさきしゅんいち)

第一話　精螻蛄(しょうけら)の書

最初に違和感があったのはいつのことだろう。

会社から帰宅した時、変だなと思ったのがきっかけだった。テレビの脇に置いておいたはずのリモコンが、ローテーブルの上に置かれていたのだ。

仕事が最近忙しいし、気のせいだと思っていた。新入社員の教育係を任されて四苦八苦していたので、記憶が混乱していたのだと思い込んでいた。

だが、物の位置が変わっていたのはその時だけではない。

違和感を覚えることが度々あったので、出勤前に部屋の様子をスマートフォンで撮り、帰宅してから照らし合わせてみた。

すると、何もかもが違っていた。

ベッドの上にあったはずのルームウェアはソファの上にあり、揃えたはずのスリッパは乱雑に置かれ、本棚の本の位置が入れ替わっていた。

自分がいない時に、誰か部屋に入っているのではないか。

そんな恐ろしい考えが過ぎる。

それからというもの、少しの物音にも敏感になっていた。

そのせいで、天井から聞こえてくる物音がやけに耳障りになってしまった。

きっと上階の生活音だろうと思って我慢していたが、ついには我慢できなくなってしまい、様子を見に行こうと外に出た。

その時、信じられない光景を目の当たりにした。

自分が住んでいるマンションの一部は階段状の構造になっていて、中層階に住んでいるが自分の部屋の上には何もなく、屋根になっていた。今まで気付かなかったが、上階の生活音なんて発生するわけがなかったのだ。

だが、天井からの物音はずっと聞こえていた。それはつまり、上階ではなく屋根から聞こえてくるということになる。

その事実を知ってから、夜になるたびに人の声が聞こえることに気付いた。しかも、複数人でざわついているような声だ。

外へ出てみても、それらしき人はいない。

隣室からかと思って耳をそばだててみるも、どうやら違うらしい。

天井の辺りから、部屋全体に響き渡っていた。何の話をしているのかと耳を傾けてみるも、会話の内容は聞き取れない。ただ、一定のリズムで何かを喋(しゃべ)っているだけだ。それが真夜中にもよく響くので、毛布を頭からかぶって眠るようになってしまった。

更に、視界の隅に黒い影がチラつくことが増えた。

慌てて振り返ると、そこには黒い虫が飛んでいた。正体が実体のないものではなくハエだということに最初こそ安堵(あんど)したものの、駆除しても駆除しても次から次へと湧いてくるのだ。

生ごみを放置することもなければ、窓を開けっ放しにしておくこともない。頻繁にハエが湧く理由なんて心当たりがなかった。

部屋の中に、自分が知覚できない原因があるのかもしれない。

そう思うと、途端に気味が悪くなった。

帰宅するのが憂鬱(ゆううつ)になり、引っ越しを検討し始めた頃、更なる怪異が起きた。

夜に眠っていると、何者かが顔を覗(のぞ)き込んでくるのである。

気のせいだ。何もいない。夢を見ているのだ。

自分にそう言い聞かせてぎゅっと目をつぶるものの、寝付けない日々が続いた。帰宅するのが恐ろしくなり、ベッドに横たわるだけで動悸がするようになった。

自室の窓を開けると墓場が見える。

夜になると聞こえる大勢のざわめきの出どころは、墓場ではないだろうか。死体にはハエがたかるというし、無関係ではない気がする。

急速に死の臭いが濃くなるのを感じた。

もしかしたら、この家は霊道なのではないか。それか、自分は何かに取り憑かれているのだ。

前者ならば引っ越せば解決するかもしれないが、後者は引っ越しても解決しない。

どうにかして、平穏な日々を取り戻せないだろうか。

美初乃は、一連の怪現象を会社の同僚に話した。

会社近くのカフェでともにランチをしていた同僚はキョトンとしていた。美初乃の告白に、作り話でも聞くような気持ちで耳を傾けていたのだろう。

「その、お墓があるから心霊現象だと思って……」

美初乃は繰り返そうとするが、同僚が手のひらで制止した。

「ストップ。言わんとしていることはわかったから」

「そっか……。じゃあ、どうしたらいいと思う？　やっぱりお寺に行くべきかな……」

「霊道とかお寺とか、よくまあ、ホイホイとそんな単語が出てくるよね。オカルト好きなの？」

同僚は食後のコーヒーに口をつけながら問う。

「最近、動画投稿サイトで心霊検証チャンネルをよく見てて……」

心霊スポットとされる廃墟を探索する動画もあれば、生々しい痕跡が残る事故物件を調査する動画もある。特殊清掃前の現場で、無数のハエが蠢いているという凄惨なものもあった。

「あー、心霊系動画配信者。配信者の中ですごいイケメンがいるって友だちが言ってたっけ。オカルトに興味はないけど、ビジュがいいから見ちゃうってさ」

「イケメン目当てで見てるわけじゃないから！」

美初乃は茶化された気がして、思わず声を荒らげた。

「わかった、わかった。ごめんって。オカルト云々はともかくとして、部屋にある物の位置が変わるのは普通にヤバいよね。それはもう、物理じゃない。警察に行ったら？」

「……警察、幽霊退治をしてくれるかな」

「まあ、相手が幽霊だったら、駆け込むべきはお寺だけどね。誰もいないのにザワザワ言ってるのはお寺っぽいかなぁ……」

同僚は、スマートフォンを弄り出す。彼女なりに調べようとしているようだ。

「最近、なーんか引っかかる投稿をＳＮＳで読んだんだよね」

「腕のいい霊媒師さんの話とか……？」

美初乃は藁（わら）にも縋（すが）る想いで、同僚の話に耳を傾ける。

引っ越しが選択肢に入っているものの、実は、経済的な事情で困難なのだ。できることならば、引っ越しをせずに終わらせたい。と言っても、霊媒師に高額な請求をされたら困るのだが。

「あった」

同僚はスマートフォンの画面を美初乃に見せる。

ＳＮＳの投稿には、こう書かれていた。

『怪談売り』？」

「そう。怪談を売買する男がいるんだって」

ＳＮＳの投稿によると、『怪談あり〼』というのぼりを立てた古本屋が、どこからともなく現れるらしい。

路上に露店を構えるその男からは、怪談を買うこともできるし、怪談を売ることもできるそうだ。

投稿者は、実際に怪談を売って怪異に見舞われなくなったという。

「……本当かな？」

美初乃は疑いの眼差し(まなざし)で投稿を見つめる。

それを見た同僚は、あきれ顔だった。

「あんた、お寺は信じるくせにこういうのは信じないの……」

「お寺は由緒あるし……。ＳＮＳの投稿なんて真偽がわからないよ」

昨今、ＳＮＳでは悪質なデマやフェイクニュースが横行している。美初乃はＳＮＳに懐疑的であった。

「でも、オカルト雑誌でも取り上げられてるのよ」

「えっ、そうなの？」

美初乃が目を丸くすると、同僚はまたもやスマートフォンを操作して、出版社のホームページを表示してくれる。

「本当だ……。見出しに『怪談売りを追う』って書いてある……」

「そう。藤崎俊一さんっていうオカルトライターがずっと追ってるみたい。この人、いくつかの出版社に記事を寄稿してるみたいだね。老舗(しにせ)の出版社もあるし、全くのでたらめってわけでもなさそうじゃない？」

「うーん……。出版社が関わっているなら、一気に信憑性(しんぴょうせい)が上がったっていうか……」

美初乃は唸(うな)る。そんな様子を見て、同僚は苦笑した。

「まあ、出版社もインチキ本を出したりするけどね。企業が関わっているからって妄信するのはよくないかも」

「はっ、そうか……！」

美初乃は慌てて思い直す。そんな様子に、同僚は肩をすくめた。

「あんたは良くも悪くも純粋そうだから、ちょっと心配だな。まあ、私の方でも色々と調べてみるよ」

「う、うん。ありがとう……」

騙されやすそうとか、思い込みが激しそうという見解を遠回しに伝えられ、美初乃は気落ちしてしまう。

SNSに懐疑的なのも、以前、まんまとフェイクニュースに騙されたためだった。

「怪談売りに関しても、信じるか信じないかはあんた次第ってところね。そもそも、怪談売りは神出鬼没らしいし」

どうやら、決まった場所に出没するわけではないらしい。

目撃証言を照らし合わせてみても、日時も場所もバラバラで行動パターンを摑むのは難しいという。

唯一わかることと言えば、目撃情報の日時が被ることがないので、怪談売りが複数いるわけではないということか。

「ネット上での目撃情報は多数。それで目撃情報の日時が被らないっていうのは、割と信憑性が高いと思うんだけどね。だからこそ、オカルト好きの中では話題になってるわけだし」

「……私よりもオカルトに詳しくない？」

美初乃にそう指摘されると、同僚は苦笑する。

「やっぱり、こういうのは気になっちゃうじゃん。SNSの投稿を見てから、ついつい のぼりを探すようになっちゃったよね」

「その気持ちはわかるかも」

「私が怪談売りを見つけたら教えるよ。その前に、警察かお寺に駆け込んだ方がいい気もするけど」

「……うん、そうだね」

美初乃は素直に頷き、話に夢中で手を付けていなかったサンドイッチをようやく食べ始めた。

寝不足が続いた美初乃は、ジューシーなツナサンドすら味を感じられなかった。

このまま放っておいたら、どうなってしまうのだろう。

美初乃の中にそんな不安が渦巻いていた。

部屋のものが動かされ、天井の向こうに気配を感じ、ついには寝顔を覗き込まれるようになった。この先は、一体なにが待ち受けているのだろうか。

奇怪な出来事は、日に日に自分に迫ってきている気がする。

その先にあるのは、死ではないだろうか。

「……帰りたくないな」

退勤後、会社を後にした美初乃は、できるだけ遠回りをすることにした。いっそのこと、ネットカフェに宿泊してもいいかもしれない。

外はすっかり暗くなり、街灯とネオンの光で満たされていた。大通りは会社帰りの人が多く行き交い、すっかり賑(にぎ)わっている。

そんな中、美初乃の足取りは重かった。

会社の最寄りの駅に行くことすら憚(はばか)られ、ひとまず、一駅分歩こうかと思った。

途中でお寺があったら駆け込もう。存在が不確かで、出会えるかもわからない怪談売りよりも確実だ。

お寺は静かな場所にあるものと思い込んでいる美初乃は、ふらふらと人気のない通りへと入っていった。

そこは住宅や小さなオフィスが並ぶ通りで、街灯が遠慮がちに狭い道を照らしている。

立ち並ぶ住宅や背の低いビルに紛れるようにして、小さな公園があった。

やけに細くて歪な形の公園は、暗渠を埋め立てたものなのだろう。申し訳程度にベンチが置いてあり、その隣に動物を模した遊具もあったが、すっかり塗装が剝げてしまい、何の動物かわからなくなっていた。

夜の闇の中、光に切り取られたようにその公園がぼんやりと浮かび上がる。

何気なく眺めていた美初乃であったが、次の瞬間、目を疑った。

『怪談あり〼』――そう書かれたのぼりが、目に入ってきたのである。

「まさか……！」

心臓が高鳴る。

見間違いかと目をこすって二度見してみるものの、そののぼりは消えることはなかった。

気付いた時には、美初乃は走り出していた。のぼりに誘われるように狭い公園に足を踏み入れた瞬間、生ぬるい風が全身を撫でた。

ぶわっと鳥肌が立ち、どっと冷たい汗が噴き出す。

のぼりの下に、異様なものがいる気がする。女性のものと思しき艶やかな着物をマントのように羽織り、背を丸めて佇んでいる何かが――。

「やあ、これはどうも」

耳朶に絡みつくような男の声が、美初乃を歓迎した。

「お嬢さん、怪談をご入用で？」

美初乃は声を出そうと思ったが、喉につっかえて出てこなかった。代わりに、浅い呼吸が喉から漏れる。

背中を丸めていた何かが、ゆらりと鎌首をもたげる。風もないのに街路樹がざわめき、無数のカラスが飛び立った。

圧倒的な陰の気に、美初乃はその身を震わせる。現実感はもはや無く、美初乃はひどく深い闇の中に放り出されたような心細さと恐怖感を味わっていた。

「おや、緊張なさっているようで。このままでは話になりません。まあ、おかけください」

目の前の存在が、顔が剝げてしまった動物の乗り物に美初乃を促す。美初乃は抗うこともできず、くずおれるように腰掛けた。

その瞬間、全身にまとわりついていた緊張感がわずかにほぐれた。

「はぁ……はぁ……！」

呼吸がいつの間にか止まっていたらしい。胸を上下させ、やけに湿った空気を肺に取り込む。

意識が明瞭になり、少しだけ現実に引き戻された気がする。

目の前にいたのは、艶やかな着物を羽織った若い男だった。

茣蓙の上に和綴じの本をずらりと並べ、胡坐をかいて猫背で座っていた。男は美初乃を座らせるなり背筋をしゃんと伸ばし、その容姿を明らかにする。

彼は一重の美丈夫であった。

夜の闇によく映える妖艶な双眸に、美初乃はぐっと惹き付けられるのを感じた。彼の存在に現実感がなく、夢でも見ているかのようだった。

しかし、異様な雰囲気は拭えなかった。男の容姿は整っているが、それが作りもののような気がしてならないのだ。

「さて、お嬢さん」

美初乃とそれほど変わらない年齢に見える男は、子どもに問いかけるような声色でそう言った。

「怪談はご入用で？　当店、このように怪談を取り扱っておりまして」

男は、ずらりと並んだ商品を見せる。

いずれも古びた和綴じの本だ。古本と言って差し支えないだろう。

そのタイトルを見て、美初乃はこの男が言わんとしていることを悟った。本はいずれも、おどろおどろしそうな怪談を題材としたものだったからだ。

「怪談の本専門のお店……ってこと？」

「いいえ、お嬢さん。それは半分当たりで、半分外れです」

男は意味深に微笑んだ。

「この本に収められた怪談は、全て本物。本を購入されるということは、この本に記された怪談を購入するということです」

そんなこと、あるはずがない。

現実離れした話を前に、本当だったらそう言い切ってしまいたかった。

しかし、まさに現在進行形で怪異を体験している美初乃は、男が言っていることを一蹴(いっしゅう)できないでいた。

「あなたはやっぱり、『怪談売り』……」

「へぇ」

男は苦笑まじりに目を細めた。不快とも感心ともとれる複雑な表情で、美初乃は本心を読みかねる。

「まあ、私をそう呼ぶ人間もいますね」

「実在していたんだ……」

目の前の男は自らが怪談売りだと認め、美初乃はＳＮＳの投稿が事実であったことに驚く。

「その、怪談を買い取ってくれるって聞いたんですけど……」

「おや、買い取りをご希望で？」

すんなりと話が通じた。怪談を買い取るなんて奇妙なこと、作られた話とばかり思っていたのに。

「買い取りの際には注意事項がございましてね」

「は、はい……」

「売ってしまった怪談は、あなたのもとから離れてしまいます。更に、あなたが売った怪談が誰かに買われてしまったら、あなたは買い戻すことができません」

　どうやら、普通の古本の買い取りと同じらしい。

「別に構いません！　むしろ、この怪談と縁が切れるなら願ったり叶(かな)ったりですから」

「これは、ずいぶんとお困りの様子。まあ、いいでしょう。私にその話を聞かせてください」

　怪談売りはそう言うと、美初乃に耳を傾ける姿勢になる。

「えっと……、それだけ……ですか？」

「ええ。話すだけで構いません。文章で伝えてくださっても構いませんがね。どちらにします？」

「は、話します！」

　つまり、怪談売りに伝えることさえできれば、手段は問わないということか。

　美初乃は同僚に話したように、この奇妙な男に身の上を話し始めた。

「はぁ、なるほど」

美初乃の話を聞いた怪談売りは、納得したように相槌を打った。

「信じてくれますか……？」

怪談売りの本心を測りかねた美初乃は、恐る恐る問う。すると、怪談売りはにんまりと微笑んだ。

「お嬢さんが、このしがない商人を騙そうと思っているようには見えませんのでね」

「よかった……。少し前までは、オカルトなんてあまり信じていなかったんですけど、いざ、自分が変な目に遭うと急に現実感が増しますね……」

美初乃はオカルト話を信じない人間の気持ちもわかる。だから、否定されるかもしれないと恐れていたのだ。

同僚に打ち明ける時も勇気を振り絞っての行動だった。結果的に、同僚は話を信じてくれて、怪談売りのネットロアを教えてくれて今に至るのだが。

「やっぱり、家の前のお墓が原因なんでしょうか」

「原因を探るのは、私の仕事じゃありませんが」

怪談売りはそう前置きをして続けた。

「墓と怪異は結びつけられがちですが、墓に入った人たちは基本的に供養されているのでね。化けて出ることは少ないんですよ」

「そっか……。たしかに……」

「ただ、供え物に惹かれて寄ってくる存在はいますけどね。そういう連中のたまり場になることはあります」

「じゃあ、その人たちが……！」

「さあ、どうでしょうかね」

怪談売りは勿体ぶるように肩をすくめた。

「お嬢さんを監視する怪異。そいつはまるで、精螻蛄のようだと思いまして」

「しょうけら……？」

聞いたことがない単語だ。

美初乃が不思議そうにしていると、怪談売りは続けた。

「怪異の中でも妖怪と呼ばれる存在ですよ。人間が悪事をしないか屋根の上で監視をするんです。元は道教の三尸であったという説もありますがね。とにかく、家の上にいて監視している様子が似ていると思いまして」

「私は、悪事なんて……！」

美初乃は、そんな恐ろしい存在に目を付けられる心当たりはない。だが、怪談売りは構わずに続けた。

「三戸は全ての人間の中にいるそうです。お嬢さんにも、そこら辺の道行く人の中にも」

「全ての人間の中に……」

では、悪事に心当たりがない美初乃のもとにも現れるかもしれないのか。美初乃だけではなく、同僚やその友だちのもとにも。

美初乃が身震いをした瞬間、ぱたんと本を閉じる音がした。

いつの間にか、怪談売りが和綴じの本を手にしているではないか。本を取り出す素振りを見せなかったし、手にした本は売り物として並べられていたものではない。

「あなたの怪談、買い取りました」

「えっ？」

美初乃が呆気（あっけ）にとられていると、怪談売りはにんまりと微笑む。

彼が手にした書物には、達筆なタイトルが記されていた。

『精螻蛄の書』と――。

「どういう……こと……？」

「この本がお嬢さんの怪談です。この本を購入したお客さんが、お嬢さんと同じ目に遭うってわけです」

美初乃は怪談売りが言ったことにハッとする。怪談を売買するというのは、そういうことなのだ。

「ま、待ってください！」

「おや、買い取りはやめますか？」

「か、買い取って欲しいですけど、……誰かが同じ目に遭うのは……ちょっと……」

ちょっとどころか、かなり嫌だ。

美初乃を恐怖させた怪異は解決することなく、誰かのもとに押し付けるだけになるとは。

しかし、そんな美初乃の葛藤を見透かすかのように、怪談売りは口角を吊り上げて笑う。

「安心なさい、臆病だが優しいお嬢さん」

若い男の姿をした怪談売りは、老人のように落ち着いた口振りで言い聞かせる。

「私は望まぬものに怪談を押し売りすることはありません。怪談を買うお客さんは、みぃんな怪異を望んでいる。お嬢さんの怪談もまた、誰かの役に立つこともあるでしょう」

「そんなことって……あるんですか？」

「ありますとも。世の中には奇特な方もいるもんです。お嬢さんも、これから長い人生を歩む中で見かけることがあるでしょう。その時にでも、この商人の言葉を思い出して頂ければ」

「は、はい……」

怪談売りの言葉には、妙な説得力があった。

不思議な人だ、と美初乃は思う。

いや、彼はそもそも人なのだろうか。どうも得体が知れず、美丈夫の姿が張り子のように思えて仕方がないのだ。

狭い公園を照らしている街灯が、ちかちかと点滅する。古い電球なのだろうか。

美初乃は、自らの影が瞬くのを気味が悪いと思って眺めていた。そして何気なく、怪談売りの足元に目をやった瞬間、言葉を失った。

影が、無いのである。

影が無い者は、この世の者ではないのだと聞いたことがある。

美初乃は怪談売りの足元から目が離せなかった。気づかなかったふりをしなくてはいけないと思っているのに、瞬きすらできなかった。

怪談売りはそれに気づいたのか、美初乃と視線を絡ませる。双眸(そうぼう)に光はなく、じっとりとした陰鬱(いんうつ)な闇が広がっているだけであった。

ヒトでは、ない。

美初乃は反射的にそう思った。

しかし、怪談売りに何者なのかと尋ねられなかった。

怪談売りの夜の闇より暗い双眸が、美初乃の口を封じていたのだ。

「お嬢さん」

硬直する美初乃に、怪談売りが声をかけた。美初乃は、何とか答えるので精いっぱいだった。

「な……なんでしょう」

「手を出しなさい」

「う……」

怖いな、と美初乃は思う。何をされるかわかったものではない。

しかし、美初乃の不安とは裏腹に、身体は怪談売りに従ってしまう。

彼の声には、それほどの力があった。

怪談売りの前に差し出された美初乃の白い手。その上に、二枚の金属質の何かが載せられた。

よく手に馴染む、この物体は――。

「百十円……」

百円玉一枚と、十円玉一枚だった。

怪談売りは、あっけらかんとした顔でこう言った。

「ああ……、なるほど……？　でもこの十円は……」

「消費税です。現在は税率壱割だったはずでは？」

さも当然と言わんばかりの怪談売りに、美初乃は自分の方が普通ではない何かになってしまったかのように錯覚する。

百円玉と十円玉の重みのお陰で一気に現実に引き戻された美初乃は、どっと疲れを感じた。

「そっか……。私の怪談、百円（税別）か……」

「おや、ご不満で？　今なら怪談をお戻しすることもできますが」

怪談売りは、手にした書物を美初乃に差し出そうとする。美初乃は慌てて、百十円を握りしめて首を横に振った。

「い、いいえ！　百円で充分です！　むしろ、怪談を引き取ってもらったのに百十円を頂くのは申し訳ないような……」

霊媒師やお寺に頼んだら高額になるかもしれないと心配していた美初乃にとって、怪異に遭遇しなくなって百十円までもらえたのは幸運すぎた。

「いいえ、こちらも商売ですからね。お役に立てたなら幸いです」

怪談売りはにんまりと微笑み、美初乃に戻そうとした書物を引っ込めた。

「役に立てたというか、もう、大助かりです……本当に……」

しかし、本当に怪異に見舞われなくなったのだろうか。美初乃はいまいち実感が持てず、不安を拭いきれなかった。

「あの……」

美初乃は怪談売りに問おうとする。もしまた怪異に見舞われたら、相談していいかと。

しかし、美初乃の言葉を遮るように、びゅうと冷たい風が吹きつけた。

「きゃっ……」

美初乃はよろめき、手にした百円玉と十円玉を落としてしまう。とっさに拾おうと身を屈めると、そこにはもう、怪談売りの姿はなかった。

「消えた……？」

のぼりも敷物いっぱいに広げられた本も、幻であったかのように見当たらない。公園の街灯はLEDの光で辺りを煌々と照らしており、先ほどまで点滅していたのが嘘のようだ。

美初乃は足元に落ちた硬貨を急いで拾い上げると、そそくさとその場を後にした。

不安は残っていたが、人に話したお陰で気分が軽くなった。

美初乃は百十円をポケットにねじ込み、自分の話に耳を傾けてくれた怪談売りに感謝をしながら自宅へと戻った。

玄関の扉を開けて明かりをつけると、そこそこ生活感があるワンルームが美初乃を迎えた。

今日は違和感がない。

出勤前に撮った部屋の様子と見比べてみても特に変わりはなかったので、美初乃は胸をなでおろす。

怪異は去ったのだ。

怪異の原因は霊道だか妖怪（ようかい）だかわからなかったが、怪談売りは本当に怪談を買い取ってくれて、自分は元の生活に戻れるのだ。引っ越しをする必要もなければ、警察に駆け込んだり、お寺に行ったりする必要もない。

あまりにも簡単なことだった。怪異はもっとねちっこい存在だと思ったのに、拍子抜けだった。

そう思った瞬間、美初乃はどっと疲労感を覚えた。今まで緊張していたのが、急に気が緩んだからだろう。

美初乃はシャワーを浴び、夕飯を簡単に食べ、同僚に「解決したよ。ありがとう」というメッセージを送ってからベッドに潜った。

疲労感があったためか、美初乃はすぐに寝ついたのであった。

毛布をまさぐる感触がある。

美初乃が違和感に気付いたのは、就寝してしばらく経ってからだった。

「えっ……？」

何かに覆い被(かぶ)さられている気がする。雰囲気からして、自分の寝顔をいつも見ていた存在だ。

怪談売りに怪談を買い取ってもらったというのに、どうして。

美初乃は目を開けようとしたが、むわっと生暖かい吐息が顔面にかかった。

人間の吐息だ。

美初乃は直感的に悟り、反射的に目を見開き、飛び起きようとした。しかし、目を開いたところで硬直してしまった。

自分のベッドの上には、見知らぬ男がいたのだ。

「だ………」

誰、という問いかけは言葉にならなかった。恐怖が美初乃の全身を支配し、身体は石像のように動かなくなってしまった。

「きょ、今日はどうして……遅かったんだ……！」

男は目をぎょろぎょろさせながら美初乃を睨みつけ、興奮気味に言った。

何を言っているのか。美初乃には全く理解できなかった。

「お、男だろう……！　寝る前にスマホを見てニヤニヤしていたのも、男にメッセージを送っていたからだろう……！　俺に黙って男と会うなんて……なんてふしだらな女だ！」

男は、寝る前に美初乃がスマートフォンを使っていたことを知っていた。誤解はあれど、今日の帰宅時間がいつもよりも遅いことを知っていた。

「まさか……」

「お前は……俺と暮らしているっていうのに……！　同じ部屋で生活をともにして……同じベッドを使っているというのに……！」

美初乃の嫌な予感は、男の言葉で確信に至った。

美初乃の身に降りかかった怪異は、全てこの男によるものだったのだ。

この男が家のどこかに潜んでいて、美初乃が出勤してから部屋の中で活動していたに違いない。物の移動があったのも、この男が動かしたからだろう。

怪異ではなかった。

精螻蛄ではなかった。

妄想に憑かれた不法侵入者の仕業だった。

「ひっ！」

美初乃はベッドから飛び起きて転げ落ちる。自分が使っているベッドも、留守の間に男が使っていたと思うと生理的嫌悪感が込み上げてきた。

「待てよ……待てよぉ……！」

男がぎらついた目で美初乃を追いかける。

気持ちが悪い。気持ちが悪い。気持ちが悪い。

美初乃は吐き気を催しながらもフローリングの床を這いずり、なんとか男から逃れようとする。

外に出て助けを呼ばなくては。

美初乃はその一心で、玄関まで這っていこうとした。

だが、男の手が美初乃の後ろ髪をむんずと摑む。

「い、痛い……！」

「この、浮気女め……！　俺が懲らしめてやる……懲らしめてやるぅ！」

男はすっかり逆上して、美初乃を床に組み伏せる。

助けを呼びにいくことは敵わなかった。今は真夜中だし、声をあげても聞いてくれる人はいないだろう。

このまま自分はどうなってしまうのか。このわけのわからない男に殺されてしまうのではないか。

恐怖と絶望に包まれた美初乃の細い首に、怒りと興奮でわなわなと震える男の手が伸びる。

しかし、その手を遮るものがあった。

「あ？」

男の胡乱げな声が薄暗い部屋に響いた。

常夜灯がぼんやりと照らす室内に、生暖かい風が入り込む。いつの間にか窓が開いており、めくれ上がったカーテンから月明かりが射し込んだ。

「たしかに、霊道は通ってましたね。お陰で招かれずに入れました」

新たなる声が聞こえ、美初乃に見覚えがある人影が現れる。

男の手を遮ったのは、和綴じの本であった。

本を手にしたのは怪談売りだ。彼は月光を背に、美初乃と男を見下ろしている。

彼の容姿の美しさは月明かりの下で際立ち、美初乃は浮世離れした雰囲気に呑まれてしまう。

「お、お、お前がこいつの男か……！」

美初乃の上にいる男が怪談売りに食って掛かるものの、怪談売りは一瞥もしなかった。

彼は綴じたばかりの本をぱらりとめくり、美初乃に言い放つ。

「あなたも人が悪い。こいつは怪異ではなく、生きている人間の仕業だ。これじゃあ、怪談にはなりません」

めくった本の中は白紙だった。

「怪談売りさん……どうして……？」

美初乃に聞きたいことは山ほどあった。

窓の鍵はかけたはずなのに、どうして部屋の中にいるのか。そもそも、何をしにここまで来たのか。

「返金ですよ。これでは売買が成立しないので、百十円を返して頂きたいんです」

怪談売りは、しれっとした顔で手を出した。美初乃は、それどころではないというのに。

「そんなことより、助けてください！」

美初乃はなんとか声をあげる。

しかし、美初乃の上にいた男もまた、突如現れた怪談売りに意識を向けていた。美初乃の上から飛び降りたかと思うとキッチンの棚を開け、包丁を取り出したではないか。

「こ、こ、殺してやる……！　俺を馬鹿にした二人とも……まとめて殺してやる……！」

「違……！」

美初乃が誤解を解こうとする間もなく、男は怪談売りに向かって突進する。凶刃を向けられても尚、怪談売りは慄くことはなかった。

「失礼。お取込み中でしたか」

怪談売りは平然とした顔で、ひらりと男の包丁を避ける。刃は空を切り、男は二、三歩よろめいて窓際で踏み止まった。

「こいつ……！」

男は殺気が籠った目つきで怪談売りを睨みつける。何がなんでも、美初乃もろとも殺してしまおうという気迫が伝わってきた。

その鬼気迫った表情は、人間のものとは思えない。美初乃の目には、人を食らう悪鬼のように映った。

まさか、こんな恐ろしい存在と寝起きをともにしていたなんて。違和感を覚え始めた時からか、それとも、その前からか。長い間、こんな相手に無防備な姿をさらしていたなんて。

もし本当に精螻蛄という怪異が存在するとしたら、この男の悪事も見ていたのだろうか。勝手に美初乃の家に住み、勝手に美初乃の住まいを荒らし、勝手に美初乃を支配した気になっているところを——。

「殺してやる！　二人まとめて、絶対に！」

男は月明かりを背にして吼える。

男の手には包丁。対する怪談売りと美初乃は丸腰だ。

この場から逃げなくては男の暴挙の餌食となってしまう。美初乃は怪談売りの手を引いて逃げようとしたが、怪談売りは微動だにしなかった。

「――いや、怪談にならないわけではありませんでしたね」

「えっ？」

怪談売りは、男の方を――いや、窓の方を眺めながら口角を吊り上げて笑う。

自分が嗤われたと思った男はカッとなり、言葉にならない咆哮をあげながら包丁を振り回し、怪談売りと美初乃を目掛けて走り出そうとした。

そう、走り出そうとした。

だが、その足は前に進まなかった。

男の背後の窓から、ずるりと異形の存在が姿を現したからだ。

「あっ……！」

美初乃が声をあげ、男は背後を振り向こうとしたが、それすら敵わなかった。

窓の外に逆さづりになって現れた異形の影は、三本の長い指で男の頭をむんずと掴む。

「ひ、ぎぃ!? なんだ、これはっ！」

男は悲鳴をあげ、無茶苦茶に包丁を振り回す。しかし、包丁をどんなに振り回しても空を切るだけで、男は異形の影にずるずると引きずられて窓の外へと連れ出された。

「助けて……助け……」

もがく男の手足の動きはあっという間に弱々しくなり、男の身体が宙を浮いて、屋根の上へと持ち上げられる頃には無抵抗になっていた。

ずるっ……ずるっ……と音を立てて男は異形の存在に連れていかれ、やがてその姿は見えなくなった。

部屋にいるのは、腰を抜かしている美初乃と平然としている怪談売りだけであった。

「なに……今の……」

「精螻蛄ですよ」

怪談売りは確信に満ちた口調でそう言った。

「でも、私の家の異変は怪異じゃなくて、あのストーカーだったんじゃあ……」

「たしかに、家の異変は精螻蛄の仕業じゃありません。しかし、妖怪(ようかい)と呼ばれる存在は認知と概念に依存するもの。お客さんが精螻蛄を認知したことで姿を現したんじゃないでしょうかね」

怪談売りは手にした和綴じの本をぱらぱらとめくり、目を細めて満足そうに微笑む。

先ほどまで中身が白紙だったはずなのに、今は達筆な文字がびっしりと書かれているではないか。

見間違えかと目を瞬(しばた)かせる美初乃であったが、怪談売りは構わずに本を閉じた。

「お客さんの認知によって精螻蛄が現れ、結果的に怪談になりました。この話は、これで良しとしましょう」

「それじゃあ、返金は……」

美初乃が遠慮がちに問いかけると、怪談売りは踵(きびす)を返しながらこう返した。

「いりません。『怪異だと思ったのはストーカーの仕業だったが、そのストーカーは悪事を見ていた精螻蛄によって連れ去られた』という事実によって怪談になりましたからね。結末は変わりましたが、より上質な怪談になりました」

「そ、そうですか……」

「ああ、そうだ」

いったん背を向けた怪談売りは、ぴたりと足を止めて振り返る。

「上質な怪談になったことで査定額が上がるのですが、私の出張費と相殺して差額は〇円、追加の支払いは無しということで構いませんね？」

「は、はい」

美初乃はこくこくと頷(うなず)く。差額がいくらになったのか、出張費がいくらなのか。そんなことは今の美初乃にとってどうでも良かった。

「結構。またご縁がありましたら」

怪談売りはそう言って、手を振るかわりに本を振ると、窓の外へとひらりと飛んだ。

「えっ、ここは三階……！」

美初乃は慌てて窓から身を乗り出すものの、怪談売りの姿はなかった。

墓地では木々が涼しげな風にさわさわと揺れ、明るい月が夜を照らしているだけであった。


その後、美初乃は警察に連絡した。

警察が調べたところによると、ストーカーの男は天井裏に潜んでいたらしい。

どうやら、天井にある点検口から出入りしていたようで、天井裏には男の生活の痕跡が見つかった。ハエがやたらと湧いていたのは、男が天井裏で食べ物を食い散らかしていたためだった。

そして肝心の男は、美初乃の家の上――すなわち屋根の上で見つかった。意識が混濁している状態で、「虫が、虫が」と呻いていたという。

男は警察に逮捕され、美初乃は今度こそ怪異から解放された。

因みに、人の話し声だと思っていた音は、排気ダクトを通る風の音だった。近くの部屋の住人は帰宅時間が遅く、夜に決まって換気扇をつけていたのだ。

美初乃の思い込みから、怪異と誤認したのである。

しかし諸々の正体はわかったものの、男と生活をともにしていた家に住み続ける気は起こらず、結局、同僚の家の近くに引っ越した。事情を知った同僚が、近所の安い賃貸を見つけてくれたのだ。

後でわかったことだが、ストーカーの男は美初乃の近所に住んでいて、窓から見える美初乃の部屋と生活の様子を見ているうちに、自分が美初乃の恋人なのだという妄想に取り憑かれてしまったという。

新居に引っ越した後も美初乃は恐怖体験が忘れられず、ライブカメラを購入して部屋の様子を監視してみたのだが、特に異変は見当たらなかった。

すぐに忘れられる体験ではないが、二度と同じことが起こらないよう用心しながら、少しずつ前に進むしかない。

美初乃はそう思いながら、新居の近くの神社の前を通りすがった。

「あれ……？」

美初乃はふと、足を止めた。

怪談売りののぼりが見えたような気がしたからだ。

しかし単なる見間違いで、それは神社ののぼり旗だった。

あれから、怪談売りには出会っていない。

あの時怪談売りに会わなければ、今もまだ、あの家に見知らぬ男が潜んでいるとも知らずに暮らしていただろう。別の理由で男を逆上させ、殺されていたかもしれない。

怪談売りは恩人だ。彼にまた会ってお礼を言いたくて、あちらこちらを捜してみるものの、彼の姿を捉(とら)えることはできなかった。

もう、縁がないということだろうか。

寂しい気持ちを胸に、美初乃は境内に踏み込んだ。

怪談売りが言ったことが本当だとしたら、自分の体験が本になったという『精螻蛄の書』が誰かに買い取られれば、その人間に同じ怪異が降りかかるのだろう。といっても、男が潜んでいたのは怪異ではなかったので、悪事を犯した者を連れ去る怪異が現れるのだろうか。

自分は怪異を手放したくて売ってしまったが、怪異を欲する者もいるという。

願わくは、精螻蛄の話が必要な人のもとに届いて欲しい。

美初乃は上着のポケットに何かが入っているのに気づく。手を突っ込んでみると、百円玉と十円玉が入っていた。怪談売りに買い取ってもらった時のものだ。

美初乃は二枚の硬貨を手に取り、名残惜しそうに眺めたかと思うと、それを賽銭(さいせん)箱に放り込んだ。

二拝二拍手をした後、美初乃は願いを込める。

「怪談売りさん、有り難うございました。あなたのお陰で、私は今も無事に過ごしています」

美初乃が精螻蛄を認知したのは、怪談売りが精螻蛄のことを教えてくれたからだ。

怪談売りは美初乃を襲う怪異の正体に勘付いていて、敢えて教えてくれたのかもしれない。万が一の時に、精螻蛄が美初乃を助けるように。

「考えすぎかもしれないけど」

だが、助かったのは事実。感謝をしているのも真実。

「私の怪談が、良いご縁と繋がりますように」

美初乃は社に深々と頭を下げ、その場を後にした。

神社ののぼり旗が、涼やかな風に揺られて静かにはためく。美初乃が立ち去るのを神社の外から見守っている者がいた。

「やれやれ。人の良いお嬢さんだ」

それは、『怪談あり〼』ののぼりを手にした怪談売りだった。彼は口角を吊り上げて微笑すると、いずこかへ立ち去って行った。

第二話　餓鬼(がき)の書

怪談を売る男が各地に出没している。

その男は本を路上販売しており、派手な着物を羽織った一重の美丈夫だという。

男が売る本は怪談で、買えば本の内容と同じ怪異に見舞われる。

それだけでも奇妙な話だが、更に、怪異に見舞われている者は男に怪談を売れるという。

男の目的は不明。

だが、目撃情報は絶えない。

北海道から沖縄まで、全国津々浦々から男に会って怪談を売買したという話が聞こえてくるのだ。

果たして、怪談を売買するその男は人間なのだろうか。

目的は一体なんなのだろうか。

「わからん……」

藤崎俊一は、パソコンの前で頭を抱えていた。

藤崎はライター業で、主にオカルト記事を寄稿している。有名雑誌やウェブでも掲載されており、オカルト好きから一定の支持を得ていた。

その藤崎が追っているのが、怪談売りだった。

記事を書く時は必ず現地に赴き、足で取材をする藤崎であったが、怪談売りの都市伝説には手を焼いていた。

なにせ、目撃情報が各地に散らばっているのである。

一定の評価を得ているライターとは言え、原稿料が高いとは言えず、全国各地に飛べるほどの取材費を捻出することは難しかった。

「次はどこに出る？　都内ならば問題ない。首都圏でもまあ、何とかなる。だが、離島に出られたらどうにもならないぞ」

怪談売りがその場に留まるのは、数時間から数日と気まぐれであった。船で離島に向かうという時に、すれ違いになってはたまらない。

藤崎はあらゆるSNSでパブリックサーチをしながら、怪談売りの動向を窺う。

自分が書いた記事を見た人々が怪談売りに興味を持ち、目撃情報をあげてくれるのを待っているのだ。

しかし、手をこまねいているのは性に合わない。

それに、目撃情報を待っていては次の原稿の締め切りに間に合わないかもしれない。

藤崎は、今までに怪談売りと出会ったという人をリストアップした。

「よし。この人にコンタクトを取ってみよう」

藤崎はインタビュー依頼のダイレクトメールを送信する。すると、ほどなくしてインタビューを受けるという返信が来たのであった。


藤崎は、今でこそフリーランスのライターだが、元会社員で営業職についていた。

しかし、会社がひょんなことで倒産してしまい、紆余曲折あってオカルトライターになったのだ。

特に霊感があるというわけではない。墓場だろうが心霊スポットだろうが、何も感じない普通の人間だ。

だが、藤崎はオカルトに異様に興味を惹かれていた。科学で証明されていない不可思議な出来事だからだろうか。それとも、別の何かがあるのか、本人はわかっていない。

唯一わかっているのは、営業職についていたので身だしなみの整え方を知っていたし、人とスムーズに対話する術を身につけていたので取材が楽ということだった。

インタビューを受けたのは、下村という若い男性会社員であった。彼の上司で上原という名らしい。

そしてなぜか、隣には恰幅がいい年配の男性が同席していた。

平日のランチタイムに、会社が入っているビルのカフェで三人が同席しているという状況だ。

下村は藤崎が不思議そうな顔をしているのに気づいたのか、申し訳なさそうにわけを話した。

「すいません。藤崎さんからのDMに返信してるところを上司に見られまして……」

「はぁ……」

藤崎は思わず生返事をした。

就業中にSNSを覗いているんじゃない、という叱責は胸に秘めておいた。

「オカルトライターなんていうから、どんな胡散臭い奴かと思いましたが、真っ当そうで安心しましたよ！」

上原は上座でふんぞり返りながら、大声をあげて笑った。

「はぁ……」

藤崎はまたも、生返事をする。なかなか偏見に満ちているという感想は黙っておいた。

「いやぁ、これが性質（たち）の悪い詐欺や新興宗教の勧誘だとしたら、私が上司としてガツンと言ってやらないと、と思いましてね！」

「その点はご心配なく。私はこちらの雑誌に寄稿しておりまして——」

藤崎は自分が寄稿しているオカルト誌の最新号を取り出そうとするが、上原がそれを止めた。

「いい、いい。そういう胡散臭い内容は信じていないんですよ！　幽霊とか妖怪（ようかい）とか、科学的に証明できないモンはいるわけありませんからね！」

「はぁ……、左様でございますか」

藤崎も全てが実在するとは思っていないが、科学的に証明できないからといって実在しないとは思っていない。

科学は発展途上の分野であり、時代が進んで技術が進歩することによって、今まで観測できなかったことが観測できるようになる。天が回っているという古い常識が覆され、地が回っているという真実がわかったくらいだ。今の常識が後の時代で大きく覆されることだってあるだろう。

どうやら、上原はオカルトに興味があって同席したわけではないらしい。では、彼が言うように、部下を守るためにやってきたというのだろうか。

「それにしても、下村がオカルトに興味があったとはなぁ。いつも一人でスマートフォンを弄（いじ）って、根暗な奴だと思っていたが！」

上原は大口を開けて笑う。下村もまた、「ははは……」と愛想笑いをしていた。

この様子を見る限り、部下想いの上司というわけではなさそうだ。

暇だったのか、詐欺師にガツンと言うカッコいい自分を見せつけたかったのか、その両方かだろう。

三人のもとに注文していたサンドイッチが運ばれてくる。上原はウエイトレスを睨（にら）みつけながらこう言った。

「遅い。隣の席よりも早く注文しているのに遅く持ってくるとは、一体何をやっているんだ！」

「申し訳ございません。ご注文内容によって、ご用意が前後してしまいまして……」

ウエイトレスは申し訳なさそうに頭を下げる。彼女のすぐそばの壁には、まさに注文が前後する旨の注意書きが貼られていた。

隣席の一人客が気まずそうにコーヒーを啜（すす）る中、上原は声を荒らげた。

「口答えをするな、女のくせに！　俺は常連客だぞ。上司を呼——」

「上原さん」

藤崎は上原の言葉を遮る。

上原は藤崎を睨みつけるが、藤崎は営業スマイルを貼り付けた。

「この雰囲気がいいお店の常連だなんて、流石ですね。とても落ち着く場所ですし、センスがありますよ！」

「ほぉ、君はわかる男だな、藤原君！」

「藤崎です。恐縮です」

藤崎は微笑みながら訂正した。

実際は、可もなく不可もなくという平凡なカフェで、ランチタイムのため混雑していてそれなりに騒がしかった。だが、上原の機嫌をとれたので良しとしよう。上原の女性蔑視的な物言いにも抗議したかったが、事を荒立てるのは得策ではない。ここは、穏便に煙に巻く方がいいだろう。

藤崎はウエイトレスに「有り難うございました。もう大丈夫です」と、料理を運んでくれたことへの礼と、仕事に戻って平気という旨を伝えた。ウエイトレスが何度も頭を下げて立ち去る中、藤崎は話を続ける。

「本題に入りましょう。下村さんは怪談売りと会ったことがあるとSNSに投稿していましたが、その時の様子について聞かせてもらえませんか？」

「ああ、そうでしたね」

サンドイッチに手を伸ばした下村は、本来の目的を思い出したように話し始める。

「あれは残業で遅くなった時のことでした。今にも雨が降りそうな天気だったのに露店を出している人がいて、大丈夫かなと思って眺めていたんです。そしたら、奇妙なのぼりを見つけて」

『怪談あり〼』と書かれたのぼりに、下村はギョッとしたという。

どういうことかと近づいてみると、露店の店主はこう言った。

——怪談はご入用ですか？

「話を聞いてみると、その店主は怪談を売買しているそうで。興味はあったんですけど、結局なにも取引せずに帰宅しました……」

夢でも見たのかと思った下村だったが、SNSで怪談売りの投稿を見つけ、都市伝説として有名だと知ったのだという。そこで、下村は自分も会ったことがあると投稿したのだ。

「取引をしなかったのはなぜですか？」

藤崎が尋ねると、下村はその時のことを思い出しながらこう言った。

「自分には売れる怪談がなかったからですよ。特に怖い体験なんてしたことがないし」

「なるほど。では、怪談を買おうとは思わなかったんですか？」

「まさか！」

下村は目を丸くした。

「本当に怖い体験ができるのか興味はありましたけど、怖い体験なんてしたくないじゃないですか。怪談を売ってた人、なんか怖かったし」

「怖かった？」

「ああ、怖いことをされたとかではないんです。始終笑顔で穏やかだったんですけど、笑顔は能面みたいだし、どうも摑みどころがないし、不思議な凄みみたいなのもあって……」

怪談を買ったら、本当に怪異が起こるかもしれないと恐れてしまったのだ。

「あの人に怪談を売る、というのはわかるんです。何か怖い想いをしてたら、それをどうにかしたいと思うでしょうし。でも、怪談を買う人なんているんですかね」

下村は藤崎に問う。

藤崎もまた、需要はよくわかっていなかった。

「どうなんでしょうね。興味本位で買う人間がいるかもしれません。現に、心霊系の動画配信者は血眼になって探しているみたいですしね」

動画配信者は常に撮れ高を狙っている。藤崎も取材先で彼らに出会うことが何度かあり、コミュニケーションを取ることもあった。だが、どんな有名な配信者でも、怪談売りと取引できていないようだ。

彼らが怪談売りに遭遇すれば、出会えたところで撮れ高が稼げて、怪談を買って体験することで更に撮れ高が稼げる。怪談売りもまた、怪談をたくさん売ることができて商売が繁盛するはずなのだが、どうも怪談売りは動画配信者を避けているようだ。

「目的がわからないんですよ。彼がどうして怪談を売買するのか。私はそれを知りたくて取材を続けているんですが、簡単には教えてもらえないようです」

「そっか……。お役に立てず、申し訳ございません」

下村が申し訳なさそうに頭を下げるので、藤崎は慌てた。

「いいえ！　お話が聞けただけでも良かったです。目撃情報を実際に聞くことで、怪談売りの真実に一歩ずつ近づけますし」

実際は、下村の目撃証言は別の人間と大差なく、そこまで重要な情報は得られなかった。しかし、下村が顔に安堵（あんど）を浮かべたので良しとしよう。

「それにしても、本当に気になりますね。怪談の需要」

下村はサンドイッチに手を付けながらそう言った。

「自分だったら、誰かを怖がらせるために使うな」

話を興味なさそうに聞いていた上原は、既に最後の一つになったサンドイッチを口の中に頰張りながらそう言った。

下村は、ぎょっとした顔で上原を見やる。

藤崎もまた驚いたが、顔に出さないように平静を保った。

「誰かを怖がらせるためだなんて、斬新ですね」

「でも、倫理的にどうなんでしょう……」

藤崎が心の中にしまった感想を、下村が漏らしてしまう。そんな下村を、上原は鼻で嗤った。

「冗談に決まってるだろう。大体、怪談なんて嘘っぱちだ。馬鹿馬鹿しい」

「ははは……。そうですよね」

下村は力なく愛想笑いを浮かべる。

藤崎はそれを憐憫が混じった目で眺めながら、乾き始めたサンドイッチに手を伸ばしたのであった。


上原はつまらない場に来てしまったと後悔していた。

ここのところ会社が窮屈になりつつあって、むしゃくしゃしていたのだ。だから、詐欺師まがいの人間がいたら恫喝してやろうと思っていた。

そうすればストレス発散にもなるし、詐欺師を撃退したことで感謝をされて尊敬を集めることができる。

それでまた、自分が過ごしやすい環境になることだろう。

だが、現れたのはきっちりとスーツをまとった清潔感がある三十歳過ぎの男であった。オカルト記事のライターというから暗くて胡散臭い男を想像していたのだが、こちらの目をしっかりと見てハキハキと喋り、揚げ足を取る隙を与えない。

それどころか、なかなか好感が持ててしまい、取材が終わって別れ際は惜しい気持ちになってしまった。

「なんでオカルト記事なんて書いているんだろうな」

会社があるフロアに戻るエレベーターに乗りながら、上原は下村に問う。

「えっ、どうしてでしょうね。面白いから……とかでしょうか」

「オカルトなんて子どもだましなのにか？　とんだ変わり者だな」

「まあ……ええ……」

下村はぎこちない愛想笑いで頷く。上原は心の中で舌打ちをした。

「お前の方がオカルトライターに向いているんじゃないのか？　笑顔が暗いんだよ」

「はぁ……すいません……」

エレベーターが停まり、会社のエントランスに着くなり、下村は「今日は有り難うございました……」と消え入りそうな声で礼を言って、そそくさと自分の席に戻ってしまった。

逃げるようなその様子に、上原は露骨に舌打ちをする。

上原が時計を見やると、そろそろランチタイムが終わる時間だ。社員のスケジュールが書かれたホワイトボードには、来客の予定が記されている。

ちょうどその時、ランチを終えた女性社員が前を通り過ぎた。

「おい、中野(なかの)君」

「はい？」

中野と呼ばれた若い女性社員は、足を止める。

「この後、来客があるからお茶を用意しておいてくれ」

「どうして私なんですか？　お茶を出すのは総務課か本人って決まってるじゃないですか。私は営業事務ですし、上原課長の来客に関係ありませんよ」

中野は怪訝(けげん)な顔をする。

上原はムッとして尋ねた。

「君は新入社員なのに口答えをするのか？」

「私は質問しただけです」

「それを口答えというんだ。そんなんじゃ、嫁の貰(もら)い手がないぞ」

上原は中野が独身だということを思い出しながらそう言った。若い女性なら、こう言えば慌てて従うはずだ。

「いいか。お茶汲みは女性の役割だ。そして、女性社員の中で君が一番若い。序列が低い者が行うべきなんだ」

上原は嚙み砕くように説明した。本当だったら、こんなことを説明しなくても理解して欲しいと思っていた。自分が平社員だった頃は、新人の女性社員が積極的にやっていたというのに。最近の若い者はなっていない、と上原は腹が立った。

しかし、中野は呆れるようにこう言った。

「それ、ハラスメントじゃないですか？」

「はぁ？」

上原は思わず声を上げてしまった。

「年功序列の時代はもう終わったんですよ。今は令和。平成や昭和じゃありません。それに、女性にお茶汲みを押し付けるのも古いです。社内規定に従って、総務課にお願いするかご自分でやってください」

「この……。そうやって口答えばかりしていると、一生独身だぞ！」

上原は女性にとって致命傷になると思っている言葉をぶつけるが、中野は傷つく様子もなく、侮蔑の眼差しを上原に向けるだけであった。

「別に構いません。女性にお茶汲みを押し付けるような方とご一緒するつもりもありませんし、人生に結婚が必要だとも思ってませんしね」

中野はそう言い捨てると、「では」と軽く一礼をして去っていく。

「あ、おい！　話はまだ終わってないぞ！」

上原は中野の背中に向かって怒鳴りつけるが、中野が振り返ることはなかった。

「クソッ！」

上原は背広のポケットに入れていた煙草を取り出す。火をつけようとしたところで、通りすがりの初老の総務部部長に止められた。

「上原課長、煙草は喫煙所でお願いしますよ。あと、お茶なら私が用意しておくんで安心してください。取引先から、丁度いいお菓子をもらいましてね」

カステラなので切り分けておきますね、とのんびり話す総務部部長の言葉を、上原はほとんど聞いていなかった。

中野に一泡吹かせてやりたい。澄ました顔をくしゃくしゃにしてやりたい。

腹の底にたまった矮小な復讐心と加虐心が、ぐつぐつと煮立っていたのであった。

終業時間になっても、上原の腹の虫はおさまらなかった。

上原は会社の近くの飲み屋に行って酒を呷るものの、酩酊状態になっても怒りは続いていた。

　結局、帰路についたのは終電近くになってしまった。

　会社の最寄りの駅に向かうために、近道をしようと路地裏を通る。頼りない街灯が道を照らす中、上原は足早に通り過ぎようとした。

　だが、ふと視界に飛び込んだものがあった。

　薄暗い街灯の下に一つ、ぽつんと佇む影があるではないか。

　上原はそれに気付いた時に、ぎょっとした。現実に有り得ないもの、言うなれば幽霊でも見たような気分になったのだ。

　しかし、よく見てみると、それは本の路上販売であった。久しく見ていなかったので懐かしい心地になるものの、上原はすぐに首を横に振る。

　ここは人通りが少ない路地裏。路上販売の露店が出ているのはおかしい。

「おい、お前！」

　アスファルトに敷いた茣蓙に胡坐をかいている店主を、上原は怒鳴りつける。

「ここで路上販売をする許可を得ているのか？　もし無断でやっているなら、警察に突き出してやる！」

　どうせ無断に決まっている。上原は正義を振りかざし、誰かを痛めつけてやりたくて仕方がなかった。この路上販売の店主を、ストレス発散のはけ口にしてやろうと思っていた。

だが、店主は黙ってしなやかな人差し指を隣に向ける。そこには、のぼりが立っていた。

「『怪談あり〼』？」

のぼりにはそう書かれていた。どこかで聞いたフレーズだ。

「はっ！」

上原は思い出す。藤崎と下村が話していた、怪談売りの話を。

「お前、まさか……」

「その旦那（だんな）」

店主は、上原の震える声を遮るように口を開いた。

「怪談はご入用で？」

店主が顔を上げる。藤崎よりも少し若い男だが、相対した時の存在感には重みがあった。

貌（かお）は整っているが、下村が言ったように能面のような整い方で、摑（つか）みどころがなく霧を相手にしているようでもあった。

「怪談……だと？」

上原は一笑に付そうとしたが、顔は引きつるのみで笑えなかった。

「お前が……怪談売りか」

「はァ」

男の表情にわずかな人間味が宿る。不本意さが滲み出ていたが、彼はすぐにその表情を消した。

「まあ、そのように呼ばれているようですね。いいでしょう。いかにも、私が怪談売りです」

怪談売りはそう言って、貼り付けたような笑みをにんまりと浮かべた。

「それで、お客さん。怪談はご入用ですか？」

怪談売りは、目の前に並べられた本を示す。古びた和綴じの本がほとんどで、タイトルはおどろおどろしいものばかりであった。

なるほど、と上原は納得する。

「怪談の本を売っているのか」

「そう考えてもらっても構いません」

「……引っかかる言い方だな」

「こちらの本を買われると、本に書かれている通りの怪異に見舞われます。怪談がご入用ならば、いかがですか？」

そう言えば、藤崎と下村がそんなことを言っていた気がする。興味があまりなかったので、すっかり忘れていた。

「怪異ねぇ。もし何も起こらなかったら返品でもできるのか？」

上原はからかうようにそう言うが、怪談売りは笑みを全く崩さなかった。

「いいえ。怪異は必ず起きます」

「いや、そんな非現実的なことがあるはずないだろう」

上原は鼻で嗤うが、怪談売りは笑みを貼り付かせたままこう言った。

「信じられないというのならば、試してみてはいかがです？」

「そう言って買わせる魂胆だな？　いくらだ？　十万円か？　百万円か？」

詐欺師の類かと思った上原は、挑発的に言った。

「いいえ。税抜きで壱百円。税込みで壱百壱拾円になります」

「はぁ？」

たった百十円。あまりにも肩透かしな値段だった。

「他にオプション料がかかるんじゃないだろうな。それとも、初期費用が百十円で、月額で何万円もかかるんじゃあ……」

「それ以上のお代は頂きません。なぁに、町の本屋と変わりませんよ」

「……書店で売ってる本は、そんなに安くないけどな」

百円ショップ並みの価格が、逆に胡散臭い。勘繰る上原に対して、怪談売りは露骨に憐みの眼差しを寄こした。

「お客さん、もしかして壱百壱拾円も払えないほど困窮されているんですかね。懐事情が悪いっていうなら、この話は無かったことに」

「そ、そんなわけあるか！　百十円くらい払ってやるよ！」

上原は、力いっぱい叫んでからハッとした。

怪談売りは、すっと笑みを貼り付かせる。

「それは結構。それでは、どの怪談になさいます？」

まんまと嵌められた。勢い任せで購入の意思を見せてしまった。

上原はすっかり怪談売りのペースに呑まれていたことに頭を抱えるものの、百十円程度だったら痛くはない。

ここで怪談売りを突っぱねて、百十円すら払えない人間だと思われるのも癪だ。怪談とやらを買ってやろうではないかという気になった。

上原は茣蓙の上に並べられている本を眺める。すると、一冊の本が目に入った。

『餓鬼憑き』……だと？」

「ははぁ、お目が高い」

「そうなのか？」

「失礼。私の決まり文句です」

少し気をよくした上原に対して、怪談売りはしれっとした顔でそう言った。

「こいつ……」

どうも腹の立つ男だ。感じが良かった藤崎とは正反対だ。

しかし、上原はこの怪談売りに対して強く出られなかった。

どんなに自分が強気に出ても、のらりくらりとかわされてしまうのだろうと確信していた。

「……餓鬼ってなんだ？」

「読んで字のごとく。飢えた鬼です。そいつに憑かれると、際限なく物を食らってしまうんですよ。しかも、どんなに食べても満たされることはない。地獄の一つに餓鬼道というのがありますが、そこに落ちると決して満たされないという噂です」

恐ろしいですね、と怪談売りは近所の店の噂話でもするかのような口調で説明した。

「この本を買うと、食べるのが止まらなくなるっていうのか？」

「本に書かれているのは餓鬼に憑かれる話ですから、そうなりますね。正確には、本の所有者に憑くことになります」

「なるほどな……」

購入者と所有者は違うということだろうか。

納得した上原の脳裏に、急に恐ろしい思惑が湧いてきた。自分が発言した怪談の活用方法について、思い出したのである。

「それじゃあ、こいつを買わせてもらおう」

「まいど。壱百壱拾円になります」

「カード……は使えなそうだな。現金だけか」

上原は取り出しそうになったカードを引っ込め、財布から小銭を取り出す。

「あれは手数料がかかるからよくない。それに、私のような日陰モンが使える決済方法ではありませんよ」

「まあ、そうだろうな」

上原は、怪談売りの手のひらに百円玉と十円玉を落としながら相槌（あいづち）を打つ。

怪談売りはどう見ても真っ当とは思えない。そういう者は現金で取引をするほかないだろう。

上原は百十円と引き換えに、『餓鬼憑き』の本を購入した。これで、自分の腹の虫も少しはおさまるはずだ。

「まいど。また、ご縁がありましたら」

「ああ」

上原は、自分の手の中にある『餓鬼憑き』の本を眺めながら、怪談売りの挨拶（あいさつ）に言葉だけ返した。

ひどく古びた本で、乱暴に扱ったら崩れてしまいそうだ。丁寧に持ち帰らなくてはいけないだろう。

「そうだ。もしこいつが破れたりバラバラになったら、どう――」

どうなるんだ、と上原が怪談売りの方を振り返ろうとした瞬間、びゅうと生ぬるい風が顔に吹き付けた。

古びた紙の埃っぽいにおいに思わず咽そうになりながらも、上原はなんとか怪談売りの方を見やる。

だが、そこには誰もいなかった。

「は……？」

頼りない街灯が照らしているのは、薄汚れたアスファルトだけだった。

怪談売りの姿も、奇妙なのぼりも、ずらりと並んだ本や茣蓙もない。跡形もなく消えてしまっていた。

ただ一人、上原はぽつんと路地裏に佇んでいた。

手には『餓鬼憑き』の本がすっぽりと収まっており、風もないのにページがはためいていた。

「なんだったんだ……？」

上原は首を傾げ、のろのろと駅へと向かう。

酔っていて夢でも見たのだろうか。

しかし、自分が買った本はちゃんとあるし、財布の中からは百十円が消えている。

あまりにも奇妙な出来事だった。狐につままれたような感覚だ。

「まあいい。こいつが使えるなら」

上原は『餓鬼憑き』の本を見下ろしてにやりと笑うと、乱暴に鞄に突っ込んで帰路についた。


その日、上原は奇妙な夢を見た。

空腹のあまり何かを食べようと冷蔵庫を開けるが、何も無い。

喉が渇いて仕方がないので水道の蛇口をひねるが、何も出ない。

散々苦しみもがいた挙句、これは夢なのだと気づくものの、なかなか目覚めることができないという悪夢だ。

妻からはひどく魘されていたと心配されたが、これも怪談売りの本の影響なのだろうか。

それでも上原は、怪談売りの話に懐疑的であった。

奇妙な体験をしたのに、馬鹿馬鹿しい戯言だという感覚が抜けなかった。

だから、悪戯に使うには丁度いいと思った。

効果が出ればよし。出なくても、そんなものだと割り切れる。

上原は寝不足でぼんやりしつつも、いつもより早く家を出て出社した。

その甲斐あって、会社にはまだ誰も来ていなかった。

上原は用心深くあたりを見回しつつ、中野のデスクの奥に『餓鬼憑き』の本を忍ばせた。

これで、本の所持者は中野になったはずだ。

もし怪談売りが言っていたことが本当なら、中野は餓鬼とやらに憑かれてしまうのだろう。そしたら恐らく、お腹が空いて仕方なくなるのだろう。

どうせならば、肥え太るまで食べ続ければいい。ダイエットがどうのと外見を気にする若い女性にとって、太ることは何よりも苦痛だろうから。

これは、目上の者に逆らった罰だ。

「ざまあみろ」

上原は自然と口角が吊り上がるのを抑えつつ、何食わぬ顔で中野の席を後にした。

異変が起きたのは、就業時間中であった。

皆が出社し、中野もまたいつも通り出社した。

彼女は自分の机の中に古びた本が忍ばせられていることに気付かず、パソコンのキーボードをたたいている。

（なんだ、いつもと変わらないな）

上原は仕事をするふりをしながら、中野の様子を眺めていた。しかし、中野は相変わらず澄まし顔だ。

やはり、怪談売りの話は戯言だったのだ。

本に書かれている内容の怪異なんて起こるはずがない。

とはいえ、上原は怪談売りから購入した本を全く開いておらず、一文字も読んでいない。もともと怪談はそれほど好きではなく、気持ちが悪いと思っていたのだ。

できることなら、本自体もそばに置いておきたくない。怪異を信じていないものの、その陰気な空気で胸が悪くなるのだ。

（あの怪談売り、次こそ警察を呼んでやる）

無断で路上販売をしていたことや言葉巧みに何の変哲もない本を売ったことで、どれだけの罪に問えるだろうか。

できることならば自分で制裁を加えてやりたいが、怪談売りは曲者（くせもの）なので、何かと理由をつけてかわされそうだ。

そんなことをぼんやりと考えていると、中野がいきなり席を立った。

向かう先は、オフィスの一角にある置き菓子コーナーである。

彼女は置き菓子コーナーに設置された貯金箱に、硬貨をチャリンチャリンと入れてお菓子を買う。

隣で仕事をしていた同僚は、それを不思議そうに眺めていた。

「どうしたの。お菓子を買うなんて珍しいじゃん」

「うん……。ちょっとお腹が空いちゃって」

「あるある。集中してると糖分が欲しくなるよね」

「うん、まあ……」

中野は、同僚に向かって曖昧（あいまい）に微笑んでみせる。

彼女は席に戻ると、すぐにパッケージを破ってお菓子を口の中に放り込み始めた。

サクサクというビスケットが嚙み砕（かくだ）かれる音が響き、甘い香りがオフィス内に漂う。

つられて席を立って、置き菓子コーナーに向かう者や、そんな様子を微笑ましげに眺める者など、いつもとさほど変わらぬ光景が広がっていた。

だが、中野はお菓子を平らげた途端、席を立った。

彼女が向かった先は、またもや置き菓子コーナーだった。

「えっ、おかわり？　もしかして朝食を抜いてきました？」

つられて席を立ってお菓子を買っていた男性社員が、びっくりして目を丸くする。

そんな彼に、中野は苦笑する。

「いえ、朝食は食べてきたんですけど……」

中野は置き菓子コーナーの中でも一番ボリュームがあるお菓子を選び、席に着く前にパッケージを破って食べだした。

お菓子の甘さや食感を味わう様子もなく、一心不乱に口の中に放り込んでいるのだ。

今まで微笑ましげに見ていた社員たちは、心配そうに彼女を見つめる。同僚もまた、中野の食べっぷりに引いていた。

「ど、どうしたの？　さっきのじゃ足らなかった？」

「そうみたい……。でも、大丈夫。これで終わりだから」

中野は同僚を心配させまいと作り笑顔を見せる。

しかし、お菓子を食べ終わって数分も経たないうちに、彼女は立ち上がった。やはり、置き菓子コーナーに向かって。

「中野さん？」

中野の上司も見かねて、声をかける。

「すいません。本当に、これで最後なので……！」

中野は上司に謝りつつ、小銭入れからもどかしそうに硬貨を取り出しては貯金箱へとぶち込んだ。

残っている中でも一番大きなお菓子を引っ掴み、その場でパッケージを開けて貪り始める。

その鬼気迫る様子に、オフィス内の誰もが息を呑んでいた。

皆に奇異の眼差しを向けられる中、中野はお菓子を平らげてしまう。そして、すぐさま齧りつくように置き菓子コーナーから次のお菓子を引っ張り出した。

小銭入れから代金を取り出そうとするも、硬貨は既に尽きていた。中野は苛立つように財布を取り出し、お釣りが出ないというのにも構わず、一万円札を貯金箱にねじ込んだ。

「ちょっと、中野さん……」

ぎょっとした上司が、立ち上がって中野を制止しようとする。だが、中野はそれを振り払った。

「すいません……！　次で……次で最後なので……！」

「いや、さっきもそう言ってたでしょう？　そろそろやめないと、身体に悪いよ」

「でも……！」

中野は髪を振り乱し、上司に向かって食って掛かる。

「お腹が空いて仕事が手につかないんです！　こんなに食べているのに……！」

「だからって、短時間でそんなに食べちゃダメだ。消化するのを待とう。それにほら、あと一時間でランチタイムだから……」

上司は中野を宥めるものの、中野は首を激しく横に振る。

「嫌！　食べさせて！　お腹が空いたの！　このままだと死んじゃう！」

中野は置き菓子が入った引き出しを引っ掴み、力任せに引っ張る。

そのせいで、中のお菓子が床にぶちまけられてしまうが、中野はなりふり構わずにそれを拾って、パッケージを破り捨ててお菓子を口の中に押し込む。

「どうして……どうしてお腹がいっぱいにならないの……」

中野はしゃがみ込み、目に涙を浮かべながらお菓子を貪り食っていた。

それはあまりにも異様な光景だった。

何かに憑かれているとしか思えなかった。

上原もその様子を、目を見張りながら眺めていた。

（餓鬼憑きだ……）

中野に集まる恐怖にも似た視線。

その中に、異質なものがあるのに上原は気付いた。

中野の席の近くに、蹲るような人影があったのだ。影のようなわだかまりに包まれたそれは、子どもくらいの大きさだった。

上原が目を凝らしてみると、ぼんやりとした輪郭がわずかに鮮明になる。その全貌を知覚した上原は、ぎょっとした。

それは痩せぎすの異形であった。

人間のように見えるが、その形相は亡者のように陰気で、あばらは浮き、下っ腹だけが妙に大きい。

その存在が膝を抱えて、じっとりと中野を見つめているのだ。

上原はとっさにパソコンで検索する。すると、あった。

（あいつは、『餓鬼』だ）

餓鬼道にて、飢えと渇きに苦しむ亡者の姿だ。

その苦しみが今、中野を襲っているというのか。

（あの本は……本物だ……！）

上原は震えが止まらなかった。

恐れから来た震えではない、武者震いだ。

自分は、所有者に餓鬼を憑かせるという本を手に入れたのだ。それは、異能といっても差し支えないだろう。

（そうだ……。これからは、気に食わない奴にあの本を押し付けてやればいい！）

生意気な後輩、先に昇進した気に食わない同僚、ムカつく上司に、面倒くさい役員。

そいつらに餓鬼を憑かせれば、懲らしめることができるのではないだろうか。上手くすれば、失脚させることだってできるはずだ。

（あの本を使えば昇進もできるかもしれない！　そしたら、ここのところ感じていた居辛（いづら）さとはおさらばだ！）

泣きながらお菓子を貪る中野と、それを止めようとする上司や同僚たち。そして、上原以外に気付かれることなく、混沌（こんとん）とした様子をじっとりと見つめている餓鬼。

それを眺めている上原は、込み上げてくる笑いを抑えることに必死になっていた。

中野は結局、病院に行った方がいいと上司に言われ、早退することとなった。

だが、病院に行っても何の解決にもならないことを上原は知っている。彼女の暴食の原因は、餓鬼だからだ。

あの様子だと、中野は数日のうちに肥え太るだろう。食べ過ぎて体調を崩すかもしれない。

彼女を充分に懲らしめたと思ったら、デスクの奥に忍ばせた『餓鬼憑き』の本を取り出してやろう。

そして、次のターゲットのデスクに忍ばせるのだ。

上原はそう画策し、有頂天になりながら帰路へとついた。

妻が用意した夕飯を平らげ、上機嫌で晩酌をし、今日こそいい夢が見られるだろうと床に就いた。

しかし、上原は焼けるような痛みに襲われた。

腹が焼け付くように熱い。喉がひりつき、張り付いてしまいそうだ。

どうにかして欲しい。誰か助けて欲しい。

それが飢えだと悟るのに時間を要した。

上原は必死になってもがくが、目の前にあるのは岩と土ばかりで、飢えと渇きを満たせるものはない。

それでも、何かを口にしていたい。ひもじさから少しでも逃れたい。

地獄のような苦しみを和らげたい一心で、上原は拳ほどの大きさの石に齧りついたのであった。


「あなた、どうしたの！」

妻の悲鳴に近い声で、上原は目が覚めた。

そこは荒れ果てた岩場ではなく、自宅のキッチンであった。

手にしているのは拳大のジャガイモだ。

開け放たれた冷蔵庫の野菜室には、漁られた跡がある。ジャガイモは生で、口の中には土の味が広がった。

時刻は深夜二時。キッチンの照明は消えたままで、冷蔵庫の明かりだけが辺りをぼんやりと照らしていた。

「こんなにして、一体どうしたっていうんです！」

妻は獣でも見るような目で上原を見つめていた。

上原の周りには、作り置きしていた料理を入れていた保存容器が打ち捨てられている。中身は全て空になっていた。

食べたのは上原だ。ジャガイモを掴んでいる手に痕跡がこびりついている。

「こ、これは……」

妻に説明しようとするものの、自分も何が起こったかわかっていなかった。

ただ、ひどく飢えて渇いていることと、口の中に放り込んだジャガイモを吐き出すことなく呑み込んでしまいたいという衝動はハッキリしていた。

この異様な状況は、見覚えがある。

中野と同じような症状だ。

上原は、戦慄する妻の背後に何かがいるのに気づいてギョッとした。

暗い廊下の壁に寄りかかるようにして、餓鬼がじっとうずくまっていた。

まさか、と思い、上原は妻を突き飛ばすようにキッチンから出る。

妻の非難めいた声を背に、自分の書斎に飛び込んだ。

飢えから逃れるように生のジャガイモを貪りながら書棚をつぶさに確認すると、それはあった。

『餓鬼憑き』の本である。

「どうして……こんなところに……。中野のデスクに放り込んだままのはずだぞ！」

視線を感じた上原が振り返ると、書斎の隅に餓鬼の姿があった。骸骨のように痩せた顔にある濁った双眸を上原に向けている。

その絡みつくような視線にぞっとした上原は、反射的に『餓鬼憑き』の本を引っ掴み、庭へと持って行ってライターで焼いた。

草木すら眠っている閑静な住宅街に、細い煙がゆらゆらと昇る。古びた本はあっという間に焼け落ちてしまい、餓鬼の姿もいつの間にか消えていた。

「気持ちが悪い本だ！」

上原はそう吐き捨てると、灰を処分することなく家の中へと引っ込んでしまった。

翌朝、中野はすっかりしおらしい様子で出勤してきた。

上司や同僚、他の社内の人間に律義に謝ってこう言った。

「ご心配をおかけしてすいません。昨日、病院で検査をしてもらったんですけど、特に所見なしということでした。あれからお腹が異様に空くこともないので、もう大丈夫だと思うのですが……」

「寄生虫とかじゃなくてよかった。しんどいことがあったら気軽に言ってよ。隣の席だし、手伝うからさ」

「中野さん、何か困ったことがあったら、上司である私に相談しなさい。小さなことでもいいから。ストレスをためると良くないからね」

頭を下げる彼女に、皆は同情的だった。

ただ一人、上原を除いては。

上原は出社してから、ずっと落ち着かなかった。深夜に暴食したせいか、腹の調子がおかしいのだ。

「くそっ……！」

どうして、中野のデスクの中に入れておいた本が自分のもとに戻ってきたのか。

自分が買ったから、所有権は自分にあり、餓鬼もそこに戻ってくるというのか。

いずれにしても、せっかく手に入れた異能の本は燃やしてしまった。もう二度と、誰かを懲らしめるのには使えない。

いや、あんな本は無くなっていいはずだ。いつ何時、自分に戻ってくるかもわからないのだから。

苛立ち（いらだ）のせいか、仕事に全く手がつかない。胃の中がむかむかして、喉の渇きを感じる。

「ああ、もう！」

上原は苛立ちを露わにして立ち上がり、大股で置き菓子コーナーへと向かった。

今まで一度も利用したことがないシステムなので、お菓子の値段を把握するのに手間取ったが、硬貨を貯金箱に放り込み、チョコレートを買った。

デスクまで戻るのがもどかしくなり、上原はその場でチョコレートを口の中に放り込む。

すると、胃の中のむかつきがほんの少し和らいだ。空腹だったのだろう。

だが、和らいだのは一瞬だった。

すぐに、満たされた倍の空腹感に襲われる。上原は反射的にもう一枚チョコレートを買って口の中に放り込むが、食べれば食べるほど、飢餓の衝動が募って仕方がない。

（まさか……）

オフィスの片隅を見やると、いた。

じっとこちらを見つめている餓鬼だ。骨と皮だけの身体は焼け焦げており、それでも双眸はしっかりと上原を捉えている。

上原はぞっとして、飛ぶように自分のデスクに戻り、引き出しを開けた。

「ひっ……！」

引きつった悲鳴が漏れる。

デスクの奥に、隠れるようにして焼け焦げた本が入っていたのだ。それは紛れもなく、深夜に焼いたはずの『餓鬼憑き』の本であった。

どうしてそれがデスクの中にあるのか。焼き尽くしたはずが、本の形を保っているのはなぜなのか。

上原の理解を超えた出来事が目の前で起こっている。

わかっていることは、自分が今、餓鬼に憑かれていること。本を焼いても、誰かのデスクに忍ばせても、餓鬼から逃れられないということだ。

「下村ァ！」

「ひゃい！」

パソコンのディスプレイに隠れるようにして様子を窺っていた下村は、情けない声をあげて返事をした。

縮こまる下村の胸ぐらを、上原はむんずと掴む。

「お前、あいつの連絡先を知ってるだろう！　教えろ！」

「あ、あいつって誰ですか……！」

「ライターだよ、ライター！　お前にコンタクトを取ってきたあいつだ！」

自分には手に負えない。

そう思った上原の脳裏に過ぎったのは、藤崎の顔であった。

オカルトに造詣が深い藤崎であれば、この状況をどうにかできるはず。そう考えた上原は、下村が取り出した藤崎の名刺をもぎ取り、その剣幕にどよめくオフィスの真ん中で藤崎に電話をかけたのであった。


藤崎は、相変わらず怪談売りの情報を追いかけていた。

それと同時に、怪談を売ることの需要を考えていた。

どうして怪談売りは怪談を売るのか。誰が買っていくのか。

上原が言っていた、誰かに危害を与えるためというのが一番有り得るのではないだろうか。

誰だって、怖い想いはしたくない。進んで怪異に遭おうという人などいないはずだ。

そんな藤崎のもとに、一本の電話がかかってきた。

インタビューの下村とともにいた、上原からであった。

電話口の彼は尋常ならざる様子で、とにかく来てくれという一点張りであった。

幸い、彼の会社は都内にある。藤崎は、取り乱す上原を放っておくわけにもいかず、これも縁かと思い上原のもとへと向かった。

「よく来てくれた！」

上原が指定したのは、会社の近くにある公園のベンチであった。

藤崎は、上原の変貌っぷりに言葉を失った。

上原の顔はすっかり骸骨のようにやつれていた。それにもかかわらず、コンビニで買ったと思しき総菜パンを貪っており、食欲は旺盛すぎるように見えた。

「なにがあったんですか……？」

藤崎はできるだけ平静を装いつつ、何とか質問を絞り出す。

「餓鬼が、俺に憑いて離れないんだ……！」

「餓鬼？」

鬼の一種であり、憑かれると飢餓感に襲われるという。

上原が必死になって自分の背後を指さすので、藤崎は目を凝らして見てみるのだが、何もいない。

それでも、無暗に否定してはいけないと藤崎は己を律する。

自分に見えなくても他人に見えることもあるかもしれないし、まずは冷静になってもらい、正確な話を聞き出すことが先決だ。

「そうなんですか……。まず、話を聞かせてください。どうして餓鬼が憑いたんですか？」

「これだ！」

上原は、真っ黒な物体を藤崎に押し付ける。すっかり焼けてしまっているが、どうやら本のようだ。

「こいつを、怪談売りから買った！」

「怪談売りから？」

藤崎は聞き捨てならない単語を拾った。

「そ、そうだ。会社の近くにそいつがいて、これを押し売りしたんだ！」

「それは由々しき事態ですね。それにしても、こんなに焼け焦げた本を？」

「いや、これは俺が焼いたんだ……。完全に焼いたはずなのに、なぜか会社の俺のデスクに入っていて……」

「それは奇妙ですね。たしかに怪異だ」

事情を説明している最中だというのに、上原はガツガツと総菜パンを貪っている。顔色は悪いのに、目だけがギラギラと光っていて、次に食べられるものを探しているかのようであった。

確かに、餓鬼に憑かれているとしか言えない状況だ。

「怪談売りのところには？」

「ま、まだ行っていない」

「では、一緒に行きましょう。いるかどうか、わかりませんが……」

なにせ、神出鬼没の男である。今までだって、何度も空振りに終わっていた。

「こっちだ！」

上原は会社から最寄りの駅に向かう通りの裏手へと、藤崎を導いた。

オフィスが入るビルが並び、交通量が多くて通行人がたくさん行き交っていた表通りとは違い、裏路地は古い住宅がぽつぽつと建っていて、人通りもなかった。

昼前だというのに、やけに暗い気がする。

等間隔に並んだ電柱と、複雑に絡んだ電線が圧迫感を生み出し、陰鬱な息苦しさすら漂っていた。

そんな中で、たった一人佇む者がいた。

『怪談あり〼』というのぼりを掲げ、茣蓙を広げて路上販売をする若い男が。

「おい、怪談売り！」

上原が怒鳴る。

怪談売りと呼ばれた男は、ゆらりと柳のような仕草で振り返った。

能面のような笑みを貼り付かせた、一重の美丈夫である。人を食ったような目をしていて、若い姿に似つかわしくない貫禄を帯びていた。

「こいつが……怪談売り……」

怪談売りと目が合った瞬間、ぞわっと全身に鳥肌が立った。

得体の知れなさ、それに対する恐怖と好奇心、そして、懐かしさにも似た異様な感情が藤崎を襲った。

この男、どこかで会ったような気がする。

「おや、この前のお客さんではありませんか」

既視感に包まれていた藤崎は、怪談売りの声によって現実に引き戻された。

怪談売りは上原を見やり、そして、藤崎へと視線を移す。

「ご一緒にいるのは――」

「藤崎だ。藤崎俊一。オカルトライターだ」

「ああ」

藤崎が名乗ると、怪談売りは皮肉っぽく口角を吊り上げる。

「私のことを『怪談売り』と呼び、三文記事を書き続けるオカルトライターさんですか」

「三文記事だと？」

既視感は気のせいだと藤崎は思い直す。このような失礼な男、会ったことがあるならば覚えているはずだ。

「失礼。どうにも味気のない呼び方だと思いまして」

「まさか、俺の記事が怪談売り本人に知られているとはな。怪談売りという呼称が不満なら、なんて呼ばれたいんだ」

藤崎の問いかけに、怪談売りは肩をすくめた。

「それはご自分で考えて頂きたいですね、ライターさん。自分の呼称はいくらでも自分で決められますが、それじゃあつまらないでしょう？」

「妙な奴だ……。いや、性格が悪いのか？　いずれにしても、怪談売りは怪談売りだ。ネット上ではそれで広まっているし、今更、変えられるものじゃない」

「残念」

怪談売りは言葉とは裏腹に、口角をきゅっと吊り上げた。藤崎とのやり取りを楽しむかのように。

「おい、勝手に話を進めるな！」

上原は二人の間に割り込み、焼け焦げた本を怪談売りに押し付ける。

焦げた本を目にした怪談売りの表情からは、笑みがすっと消えた。

「これは、先日お客さんに売った本ですねぇ」

「こいつはいくら手放そうとしても戻ってくる。他人のデスクに忍ばせても、燃やしても！」

他人のデスクにという話に、藤崎はぎょっとした。

上原は、単に怪談売りから怪談を買って困っているというだけではなかった。部下に倫理的にどうかと言われ、彼が冗談だと言ってのけた方法を試したのだ。

「上原さん、それは……」

「煩い！　俺がこの本で何をしようとどうでもいいだろう！　そんなことより、手伝ってくれ！」

「手伝うって、何を」

「返品だよ！　こいつを怪談売りに返品するんだ！」

つまり、怪談売りを説得するのを手伝えということか。

しかし、当の怪談売りは、笑みの一つも零さずに上原を見つめていた。

「生憎と」

怪談売りは冷ややかに告げた。

「うちの本は譲渡禁止でしてね。返品なさるにも、燃やされちまったものは受け取れません」

「そんな……！」

譲渡禁止だから、誰の持ち物にしても戻ってくる。だから、中野のデスクから上原のもとへと戻ってきたのだ。

「せめて、燃やしていなければ返品を承ることはできたんですがね」

「そ、それじゃあ、俺はどうなる！　まさか、この先ずっと……」

「ええ」

怪談売りは、絶句する上原にずいっと歩み寄る。

そして、能面のような笑みを貼り付け、宣言した。

「この先ずっと、餓鬼に憑かれることでしょう。そいつはお客さんが望んだことだ。だから、『餓鬼憑き』の怪談を買ったんでしょう？」

「ち、ち……」

上原は、違うと言いたいのだろう。彼は他人を貶めるために怪談を買ったのだ。

当然の報いと言ってしまっていいだろう。

だが、藤崎は目の前の哀れな人物を放ってはおけなかった。餓鬼に憑かれて過食を繰り返し、その先に待っているのは破滅だ。

それを傍観するほど薄情にはなれなかった。

「俺が買い取る」

藤崎の言葉に、上原のみならず、怪談売りすらも目を丸くした。

「はァ。買い取るって、そこのお客さんの代わりに餓鬼に取り憑かれようっていうんです？」

理解しがたいと言わんばかりに、怪談売りは問う。

常識的に考えれば、有り得ない提案だろう。だが、藤崎は頷いた。

「俺はオカルトライターだからな。怪異に憑かれたという体験をもとに記事が書ける」

「涼しげな顔をしておきながら、なかなか業が深いお方だ。何があなたをそうさせるんです？」

怪談売りは、興味深げに尋ねる。

どうしてなのか。

藤崎は己に問うが、その答えは見つからない。ただ、気が付くと怪異を追っているのだ。

藤崎が答えに困っていると、怪談売りは話を先に進めた。

「まあ、いいでしょう。譲渡は禁止だが、転売は禁止してませんからね。今のところは」

「い、いいのか……？」

かすれた声を出したのは、上原だった。救世主でも見るような目つきで、藤崎に縋る。

たぶん、良くはない。藤崎だって餓鬼道に堕ちたいわけではない。

しかし、見捨てておけないという気持ちの方が強かった。困っている上原も、そして、上原にまとわりつく怪異自体も。

「おいくらですか。あんまり高いと、現金の持ち合わせがないので払えませんが」

藤崎は覚悟を決めて問う。

「いくらでもいい！　タダでも！　いや、タダだと譲渡になるのか……。じゃあ、一円だ！　一円で買ってくれ！」

「わかりました」

藤崎は財布から一円玉を取り出すと、上原に手渡した。上原は手をわなわなと震わせながら、焼け焦げた本を藤崎に手渡す。

その瞬間、藤崎の目に小さな人影が映った。

上原の背後で、じっとりとうずくまっている餓鬼がいた。餓鬼は陰鬱な目で藤崎の方を見やり、骨に皮が張り付いただけの足でヨタヨタと立ち上がり、ひょこひょこと藤崎の方に歩いてきた。

藤崎は固唾を呑む。この餓鬼に憑かれると、上原のように食べても食べても満たされなくなるのだろう。

それをもとに記事を書くことはできるが、その後はどうする。一生、この餓鬼と暮らさなくてはいけないのだろうか。

それでも、藤崎は逃げ出そうとせず、餓鬼を見据えた。

餓鬼もまた藤崎を見つめ返し、か細い手で今にも触れんとしたその時、ふっとその姿は消えた。

「えっ？」

藤崎は驚く。すると、手の中にあった本もまた、唐突にぐずぐずと砕けて灰となって崩れた。

「ど、どういうことだ……？」

「あーあ、残念」

怪談売りは、わざとらしく声をあげる。

「燃やされてガタが来た本でしたからね。あなたの業の深さに耐え切れず、崩れちまいましたよ」

怪談売りは溜息(ためいき)を吐く。

それに合わせるかのように、生暖かい風が藤崎の手の中に吹き付けた。本だった灰は風に巻き上げられ、藤崎の手から離れていく。

「業の深さに耐え切れず……だと？」

「そう。怪異の記事を書くために怪異に見舞われようなんざ、業の深い人間がやることだ。怪異は繊細だから、そういう人間から逃げちまうんですよ」

「はぁ……なるほど……？」

撮れ高を追い求める動画配信者が怪談売りと取引できない理由も、そういうことなのだろうか。妙に納得できる話であった。

「さて、今日は店じまいですかね。厄介な御仁に見つかっちまいましたから」

怪談売りは藤崎への当てつけのようにそう言って、広げた本を手際よく片付け始める。

そんな怪談売りを見つめながら、藤崎は尋ねた。

「なあ」

「はい？」

「以前、あんたと会ったことはあるか？」

どうしても既視感が拭えない。しかし、どこで会ったか思い出せない。

もどかしさに苦しむ藤崎に対して、怪談売りは鼻で嗤った。

「さあ。覚えがないっていうなら、初対面でしょう」

「だが――」

藤崎が更に尋ねようとしたその瞬間、びゅうと冷ややかな風が藤崎の言葉を遮る。

とっさに目をつぶってしまった藤崎であったが、再び目を開くと、怪談売りの姿はなかった。

本も茣蓙も、能面のような笑みを浮かべた胡散臭い男の姿もない。

狭い路地裏には、藤崎と上原だけが取り残されていた。

後日、藤崎のもとに下村からダイレクトメールが届いた。

上原に藤崎の連絡先を教えてしまったことへの謝罪である。藤崎は、別に構わないという旨と、近況を尋ねた。

上原は別人のようにしおらしくなり、職場で煙たがられることもなくなったという。

それについて、藤崎はいいことだと思った。上原は前時代的な思考の持ち主であったし、時代が進むにつれて生き辛さが増すかもしれないと考えていた。

他人事ながら心配だったので、あの横柄な態度が改められたのはよかったと思う。

問題は、怪談売りだ。

彼の目的は何なのか。上原のようなわかりやすい人間を前にしたら、怪談を悪用するなんて想像に難くないのに。

「まさか、それもあいつの思惑通りなのか……？」

怪談を悪用した者が、しっぺ返しを食らう。怪談を譲渡することもできず、自らの悪行を悔いることになる。

怪談売りが、全て見通していたとしたら——。

「もう少し、調べる必要がありそうだな」

面白い記事が書けそうだし、藤崎自身も気になっていた。
怪談売りの正体と、その目的。そして、自分が妙に惹かれるわけを。

第三話　雲外鏡（うんがいきょう）の書

餓鬼憑（つ）きの一件以来、藤崎の怪談売り捜しは熱を増していた。

だが、それに反して怪談売りは藤崎の前に姿を現すことはなかった。噂を聞きつけて現地に向かえば、既に怪談売りが去った後だった。

それでも、怪談売りに遭遇したという人へのインタビューを重ねれば、謎が多かった怪談売りの全容が少しずつ明らかになっていく。

怪談売りが売る本は、ほとんどが安値だ。そして、怪談を買い取る価格も安値だ。双方とも、おおよそ百円と消費税で取引している。

あの都市伝説じみた存在が消費税を取るというのもなんともおかしな話だが、買値と売値が同じであれば儲（もう）けがないはずだ。

怪談売りは誰かから怪談を買い、誰かに怪談を売る。

そのシステム自体は普通の店と変わらないのだが、利益はどこで出しているのか。

そもそも、値付けにあまりにも商売っ気がない。

「一冊百億円って言われたんですよ」

　藤崎は一例だけ、そんな話を聞いた。彼らも執念で怪談売りを見つけ、撮影の交渉をしたのだという。

「やっぱり、一冊買って怪異に遭った方が撮れ高があるじゃないですか。で、いくらなんですかって聞いたら、ゼロをいっぱいつけてきて……」

　動画配信者が桁数(けたすう)を数えたところ、百億円だったという。小学生みたいな値付けの仕方だ。

「暗に、売りたくないってことでしょうかね」

　その時、藤崎は動画配信者にそう言った。

　すると、動画配信者達は顔を見合わせて、藤崎にカメラの中に収まっている映像を見せてくれた。

「粘ってみたんですけど、動画公開の許可も全然くれなくて……。それで、どうやったら許可がもらえるかどうか相談しているうちに、姿を消してしまって……。ひとまず、怪談売りの姿を撮った動画を確認してみたんですけど……」

「ノイズが酷(ひど)いな。ほとんど砂嵐ですね。音声も聞こえないし……」

「そうなんです。俺達の声は辛うじて入っているんですけど、怪談売りの声は聞こえないんですよ」

動画配信者達は項垂（うなだ）れていた。

あとで調べてみたところ、彼らはごく真っ当な動画配信者で、心霊スポットの動画を撮る時は、土地や建造物の所有者の許可を必ずもらっているという。

彼らが特別に無礼だったわけではないのだろう。

彼らの動画チャンネルの視聴者は多く、商売をするものであれば宣伝代わりにもなるはずだ。

しかし、怪談売りは子どもじみた値付けで暗に販売を拒み、あっという間に姿をくらましてしまった。

動画配信者達とのやり取りを思い出しながら、藤崎は頭を抱えた。

「やっぱり、商売する気がないってことか？」

利益がない売買。宣伝のチャンスを拒む。そうとしか思えなかった。

それならば、どうして怪談売りは怪談を売るのか。

「金銭以外の利益が……というか目的があるんだろうな」

だが、その目的がよくわからない。

そもそも、あの男は何者なんだろうか。

どこにでも現れ、こちらが意識をそらした隙に消える。カメラで彼を撮ればノイズが走り、そこにいた証拠を残さない。

　まるで、彼自身が怪異のようではないか。

　怪談を売っているのは、怪異そのものなのだ。

「……馬鹿馬鹿しい」

　藤崎は自分の考察を一蹴（いっしゅう）するが、あながち間違いではないとも思っていた。

　しかし、ちゃんと確認するまで断定してはいけない。不用意な思い込みは、真実から遠のいてしまう。

「くそー。何をやっているんだ、俺は」

　藤崎は天井を仰いだ。

　木造の薄汚れた天井が藤崎の視界を覆う。

　彼は今、自宅でパソコンに向かっていた。次の記事の原稿を書いている最中だった。

　藤崎が住んでいるのは、都内某所の片隅にある長屋であった。昭和に建てられた築古物件で、家賃は安い。

　当たり前のように隣家の騒音が頻繁に聞こえ、床は軋（きし）み、雨漏りがする。全室和室でくたびれた畳が敷かれており、いつだって寝転べるが、ベッドは入れられない。

　そんな昭和の住まいで、怪異に関する資料に囲まれて仕事をしている。

　本当に、何をやっているのだと藤崎は自らに尋ねた。

そもそも、自分はごく平凡なサラリーマンであり営業職に就いていた。平凡でありながらも、客先との交渉事で多少刺激的な人生を送り、厚生年金をもらう老後を思い描いていたはずなのだ。

それがなぜ、フリーランスのライターなんてやっているのか。しかも題材は、いるのかいないのかよくわからないオカルト的な存在だ。

会社が倒産したとはいえ、営業職としての経験は積んでいた。他の会社の営業職になる道だってあったはずなのに。

「本当に……なにやってるんだ」

自問はもはや、嘆きになっていた。

幸い、文才は多少なりともあったらしい。親が読書家で、実家にあった大量の本を読んでいたお陰か。

調べ物が苦でない堅実な性格も幸いし、前職で磨いた人当たりの良さも相俟(あいま)って、長屋の安い家賃を含む生活費を支払えるだけの仕事は得られているが、この先どうなるかわからない。

会社で働いていた時はずいぶんと守られていたのだと、今更、しみじみと実感する。

だが、今の仕事を辞めて営業職に戻る気も湧かなかった。

どうしてかはわからない。

いや、薄々勘付いているのだが、認めたくなかった。

「やり甲斐がある……？　それとも、居心地がいい？　どっちにしても、なんとも非合理的だな」

不思議と、自分がオカルトライターをやっているのはしっくり来ていた。

不可思議な存在を追い、彼らの存在を世に広めなくてはいけないという使命感が湧いてくるのだ。

それと同時に、不安もあった。

そんな不確かなものを追うことに熱心になって、この先、大丈夫なのだろうかと。

「ダメだ」

怪談売りの記事を書くはずが、自分のことばかり考えるようになってしまった。

藤崎はパソコンの電源を落とし、座椅子から腰をあげる。

コンビニにでも行って、気分転換をしよう。

そう思った藤崎は、玄関の扉を開けた。

古いせいで蝶番が軋む音がする。油でもさしてやればいいんだろうか。

「あっ」

家から出るところで、男児と鉢合わせた。

まだ小学校に入学したばかりであろう彼は、幼い顔にぱっと笑みを咲かせた。

「こんにちは！」

「あ、ああ。こんにちは」

一瞬、不意を衝かれたものの、藤崎もまた笑顔を返す。

男児はぺこりと頭を下げると、向かいの住宅に入っていった。

新築の一戸建てだ。都内の住宅に珍しくない、ほっそりとした三階建てである。

それでも、持ち家であるなら立派なものだ。

「ただいまー」

閉まりかけた扉の向こうから、男児の元気な声が聞こえた。それに応じるように、女性の声も聞こえる。

「おかえりなさい。手を洗ってうがいをしてね」

母親なのだろう。繊細であり、儚さすら感じる声だ。

その言葉に連なるように、咳き込む声も聞こえた。男児の心配するような声が聞こえたところで、扉が完全に閉まった。

「あそこの家は、共働きだったような……」

藤崎は記憶の糸をたぐり寄せる。

母親は夕方に帰宅し、父親が夜間に帰宅するのを何度か見たことがある。まだ保育園に通っていた頃の男児が、母親の自転車に乗せられて陽が沈んでから家に入るのを見たこともあった。

空を見やると、まだ夕方ではない。近所の小学生が学校から帰宅する時間だった。

「具合でも悪いのかな」

母親が咳き込んでいたのが気になる。体調が悪いせいで休みをとったのかもしれない。

「まあ、俺が心配することでもないか……」

口ではそう呟くものの、誰かが辛そうにしているのは胸が痛む。礼儀正しい息子も、気丈に振る舞っているが心配をしていることだろう。

一日でも早く回復して欲しいと願いながら、藤崎はコンビニへと向かった。

「怪談売りって知ってる？」

コンビニにて、新作のスイーツに手を伸ばそうとしたその時、偶然耳に入ってきた会話に藤崎の手が止まった。

お菓子コーナーで色とりどりのグミを眺めている女子中学生が二人いる。そのうちの一人が、友人に話題を振ったのだ。

「知ってる。ＳＮＳで噂になってるやつ。面白そうだよね！」

面白そうなわけあるか。

藤崎は心の中でツッコミをした。

「私、会ってみたいんだよね」

話題を振った女子が言った。面白がっていた女子は、不思議そうに首を傾げる。

「どうして？　チェキでも撮るの？」

やめとけ。動画配信者の映像みたいに、謎のノイズが走ってフィルムが無駄になるぞ。

藤崎はまたもや、心の中で呟いた。

「なんで、チェキなの」

「だって、カッコいいらしいし」

「そうなの？　お爺さんみたいだって聞いたよ？」

「あれ？　おかしいなぁ」

藤崎もまた、心の中で首を傾げる。

怪談売りは確かに美男子と言っていいだろうが、老人のような落ち着きと風格を備えている。

そのせいで、情報が錯綜しているのだろうか。

話題を振った女子は、仕切り直すように首を横に振った。

「ビジュはどうでもいいの。私は怪談を売買したいのよ」

「えっ。もしかして、怖い話を持ってるの？　聞かせてよ！」

「嫌。怖い話をすると、おばけが寄ってくるっていうじゃん」

「私がいるし、コンビニの中だから大丈夫だって。教えてよ～」

「気味が悪い写真が撮れたから、どうにかしたいだけ」

「心霊写真！　すごい！　見たい！」

「もう、やめてってば！」

どうやら、怪談売りの話題を振った女子は怖がりで、面白がっている女子は怪談好きらしい。

結局、怪談好きの女子の粘り勝ちで、スマートフォンの中にある心霊写真を見せてもらっていた。

問題になっているのは友人たちとの集合写真のようだ。話題を振った女子の右足だけが写っていないという、典型的な心霊写真らしい。

気味が悪いと言えばそうだが、右足がカメラの死角になっていた可能性も否めない。

実際、あたかも不自然に身体が写っていないように見せる手法もある。

（まるで、心霊駆け込み寺だな）

お寺でお祓いをしてお焚き上げをしてもらう。霊能力者に相談をする。

そんな選択肢の一つに、あの胡散臭い怪談売りが並ぶとは。

そんなに安心する存在だろうか、と藤崎は首を傾げる。

確かに、怪談を買い取ってくれるのならば、心の拠り所になるだろう。

しかし、それと同時に怪談を売っているのだ。気味が悪いとは思わないのだろうか。

(でも、望まない限りは怪談を買わされることはないしな……)

気に食わない相手に怖い想いをさせようとした悪意ある客もいたが、結局、彼はしっぺ返しを食らっていた。

今のところ、怪談売りに詐欺まがいのことをされたという人物には会ったことがない。

「……やはり、調査を進める必要がありそうだな」

藤崎は新作のスイーツをむんずと摑み、盛り上がる女子中学生を背にしてレジへと向かった。


それから、数日後のことだった。

夜間、向かいの家に救急車が停まって慌ただしい気配があった。

藤崎は嫌な予感を振り払いながら、向かいの家族の身を案じた。

しかしその甲斐なく、更に数日後、向かいの家から喪服を着てうつむきながら出ていく男児と、その父親がいた。

母親が亡くなったのだ。

笑顔を咲かせていた男児は、しおれたように意気消沈していた。夫もまた、背を丸めて家を出て行った。

きっと、葬儀場に向かうのだろう。

藤崎はやりきれない気持ちで、それを窓から眺めていた。

その後、版元との打ち合わせのために外に出ようとしたその時、偶然にも向かいの父子と鉢合わせた。

男児は母親の遺骨をしっかりと抱き、藤崎に目を合わせないまま家の中に引っ込んでしまった。

「あっ……」

「すいません。うちの子が……」

父親は律義に藤崎へ謝罪する。

「いいえ、その……なんとお声をかけたらいいのか……。この度は、お悔やみ申し上げます……」

藤崎は深々と頭を下げた。男児のことは、そっとしてやりたかった。

向かいの家の苗字は、平野（ひらの）。父親は簡単な挨拶（あいさつ）と、夜間に救急車が来た時にお騒がせしたという旨を藤崎に伝えた。

「妻は元々身体が弱かったのですが、急に病気が悪化してしまいましてね……。緊急入院したんですが、その甲斐なく……」

「それは……大変でしたね……」

他人の事情に深入りしないよう心掛けている藤崎であったが、相手が打ち明けてくるのなら話は別だ。

きっと、胸がいっぱいで誰かに話したいのだろうと、耳を傾けることにした。

「私はいいんです。……大人ですからね。ですが、弘樹が……」

「お子さんですか？」

「ええ。小学校に入学したばかりで、まだ母親離れ出来ていなくて……。急に母親がいなくなったことが、受け止められないようで……」

葬儀の時、ずっと呆然としていたという。いつもは快活でお喋りなのに、火葬場では一言も喋らなかったそうだ。

「妻がいなくなって、私がしっかりしなくてはいけないのに……」

父親——平野はすっかり顔面蒼白で、参っているようだった。彼も妻を喪った悲しみがあるというのに、息子を支えてやらなくてはいけないという使命感と板挟みになっている。

「あの、私で良ければ何か力になりますので。と言っても、子どもがいないので、お役に立てることは少ないかもしれませんが……」

　藤崎と平野は、ほぼ同い年だ。藤崎は家族を持っていないが、同年代の人間として話を聞くことくらいはできるだろう。

　すると、平野はすがるような眼差しで藤崎を見つめた。

「有り難うございます……！　私は、近所に知り合いがほとんどいなくて困っていたんです」

「誰かに話をするだけでも違いますからね。連絡先を交換しましょうか」

　藤崎は平野と連絡先を交換する。お節介かもしれないが、平野家を放っておくわけにはいかなかった。

「ご存知かもしれませんが、私は日中、職場にいるんです。ここから離れたところなので、帰りも遅くなってしまって」

　平野の帰りが遅く、母親が弘樹を迎えに行っていたのは、そのためだった。

「因みに、藤崎さんは？」

「ああ。私は在宅勤務というか、フリーランスのライターなので」

　オカルトという部分は、敢えて伏せておいた。

　すると、平野の双眸に尊敬が混じる。

「個人事業主というやつですか。凄いですね……！」

「いえ、大したものでは」

「今度、詳しい話を聞かせてください」

平野はそう話題を切り上げ、別れの挨拶とともに自宅へと立ち去った。

藤崎は、小さくなってしまった背中を見送る。

「詳しい話と言ってもなぁ……」

しばらくは出来ないだろう。妻を亡くした人にオカルト雑誌の話をするのは気が引ける。

それにしても、息子の弘樹が心配だと藤崎は案じた。

まだ十歳にもならない子どもが、一番身近な人の喪失に直面したのだ。心に大きな傷を負ったことだろう。

自分が彼くらいの年頃だった時、何をしていたかを思い出す。

人並みに友人と遊び、人並みに学校で勉強をしていた。ただ、人よりも本を多く読み、図書室の司書の先生には顔を覚えられていた。

特に、悲しい時や苦しい時に本を開いていた気がする。

辛い現実から逃れるための逃避行動かもしれないが、そのお陰でずいぶんと救われた。もし、弘樹が傷ついているようであれば、平野経由で本をすすめてもいいかもしれない。

——その本が気に入ったって言うんなら、きっと書き手は喜びますよ。

「なんだ……？」

不意に、閃光（せんこう）のような衝撃が脳裏を駆け巡る。

読んだ本の感想を述べた時、作者が喜ぶと言われたことがあった。

今までは、作者なんて本の向こうの手の届かないところにいる存在だと思っていた。

それが、急に身近に感じられたのだ。

作者と自分を繋（つな）いでくれたその人物のことが思い出せない。強い既視感があるというのに、記憶にもやがかかって見通せなかった。

「気持ちが悪いな……」

記憶の糸が、どこかで引っかかってたぐり寄せられない。強引に引き寄せれば切れてしまいそうで、藤崎は記憶をさかのぼるのをやめた。

「藤崎さん、怪談売りさんから本を買いましょう」

近所の喫茶店にて、藤崎の担当編集者は前のめりになってそう言った。

レトロな喫茶店の電球に照らされながら、編集者の瑞樹（みずき）は興奮していた。彼女は新卒採用の女性編集者で、大のオカルト好きだそうだ。

「怪談売りさんに会ったっていうのに、何してるんですか。売る怪談がないなら、買いましょう。領収書を出してもらえれば、ある程度は編集部が持ちますから」

「そうは言っても、百億円を請求されたらどうします？」

「ひゃくおくえん⁉」

瑞樹は目を剝いた。

「か、怪談売りさんの本って、そんなに高いんですか？　でも、藤崎さんの記事には百円（税別）で取引することがほとんどだって……」

「売りたくない相手には、吹っ掛けるみたいなんですよ。ゼロをたくさんつけるんです」

「ほへー。でも、それで買われたらどうするんですかね。アラブの大富豪とかなら、百億円でも買えそうな……」

「アラブの大富豪が怪談を買いに来るとは思えませんし、そもそも、そういった人の前に怪談売りが現れるとも思いません」

藤崎は、瑞樹の突拍子もないたとえ話に、溜息まじりで応じた。

「ということは、怪談売りさんは売る相手を選んでるってことですか」

瑞樹は姿勢を正しつつ、そう言った。なかなか鋭い。

「恐らく。何か意図があって売買しているようなんです。金銭的な利益とは別のところで」

「そりゃあ、仕入れ価格と販売価格が同じじゃ意味ないですもんね。一体、どうやって生活しているやら」

「生活、してるんでしょうかね」

　藤崎の言葉に、瑞樹が首を傾げる。

「どういうことですか？」

「奴も怪異かもしれない」

　怪談売りには、説明がつかないことが幾つかある。だが、彼が怪異だとしたら、全ての筋が通ってしまう。

「おばけとか妖怪ってことですよね。それは有り得ますけど、何の妖怪なんでしょう」

「なんのって？」

「ほら、餓鬼とかぬり壁とか一反木綿とか、色々いるじゃないですか」

「怪談売りは『怪談売り』では？」

「それは、藤崎さんがつけた名前じゃないですか」

　そう言えばそうだ。

　怪談を売買する不審な男を一言で表現したくて、便宜上、『怪談売り』という名称で呼ぶことにしたのだ。

　自分に藤崎俊一という名前があるように、怪談売りにも本来の名前があるはずなのだが。

「本当の名前、聞けばよかったな」

「ですよねぇー。藤崎さんったら、千載一遇のチャンスを不意にしてー」

　瑞樹はわざとらしく天井を仰ぎ見る。

「仕方がないじゃないですか……。あの時は、餓鬼憑きの人を助けるのに必死だったんです」

「でもその人、身から出た錆だったみたいじゃないですか。自分の仕事よりも、その人を助けることを優先するなんて、お人よしなんですから」

「その時に、怪談を買い取るつもりだったんです。失敗しましたが……」

　善意だけで動いたわけではない。藤崎なりにエゴを通そうとしたが、結果的に都合よく救ってやる形になってしまった。

「とにかく、次に会った時は怪談の本を買いましょう。そして、きっちり怪異に遭って記事を充実させましょう！」

「はぁ……」

　下心を胸にして出会えば、きっと吹っ掛けられるだろう。そんな気持ちが溜息となって出てしまった。

「私も頑張って怪談売りさんを捜しますから！」

瑞樹は藤崎のやる気を煽るように励ます。

「それは心強いんですが、彼は目を離した隙に消えてしまうので気を付けてください ね」

「藤崎さんが駆けつけるまでガン見して引き留めます！　もしくは、私が怪談を買っておきます！」

「しかし、怪談は他人に譲れませんよ」

「じゃあ、私が怪異に遭うので藤崎さんが記事を書いてください」

瑞樹のやる気は止まらない。

「それはさすがに危険です。やめてください」

「でも、藤崎さんがいい記事を書くためには仕方がないじゃないですか。それに、危なくない怪談を選びますから」

瑞樹は目を輝かせていた。

そのあまりにも前のめりで猪突猛進な様子に、藤崎は内心、安堵していた。

下心がある人間に対して、怪談売りは商売が消極的だからだ。瑞樹が不用意に怪談に手を出すことはないだろう。

「瑞樹さんは、どうしてそんなに怪異に興味が？」

ウェイターが持ってきたナポリタンの皿を前に、藤崎は尋ねる。瑞樹もまた、ナポリタンに粉チーズを振りかけながら答えた。

「人智を越えた存在って憧れませんか？　自分ではどうにもならないことを、どうにかしてくれるような気がするじゃないですか」

それ即ち、神頼みにも近い感情か。

藤崎は女子中学生たちが盛り上がっていたことも、なんとなく腑に落ちたのであった。

それから、藤崎は怪談売り捜しと原稿を進めつつも、平野家の様子も気にすることにした。

弘樹が帰宅するであろう時間帯に、さり気なく外をぶらついてみる。玄関先の掃除をしたり、無駄に近所を散歩したりしていた。

藤崎の読み通り、弘樹と鉢合わせることもあった。

しかし、弘樹はうつむいてぺこりと頭を下げたまま、立ち去るだけだった。

藤崎は元気づけてやりたかったが、何と声をかけていいかわからなかった。

自分の両親は健在だし、祖父母が亡くなったのはすっかり成長してからだった。弘樹の悲しみを理解するには、経験が浅い。

「本で気を紛らわせるにもなぁ……」

藤崎の自宅にあるのは、オカルト関連の書籍ばかりだ。しかも、漢字を習い始めたばかりの小学生が読むには難解だ。

どうしたものかと悩むこと数日。

弘樹との距離は全く縮まらないと思っていたが、ある日を境に変化した。

「こんにちは、藤崎のおじさん！」

コンビニから帰る途中、弘樹に声をかけられたのだ。

きっと、彼の通学路なのだろう。ランドセルを背負い、帰宅する最中のようだった。

「ああ、こんにちは」

藤崎は膝を折り、弘樹に目線を合わせて挨拶をした。

藤崎の家は表札を出していない。きっと、父親から名前を聞いたのだろう。

「またね！」

弘樹はそう言うと、元気に走り去っていった。家とは反対方向だが、友人の家にでも遊びに行くのだろうか。

「まあ、塾かもしれないな。最近の小学生は大変らしいし」

中学受験のために、小学生の頃から塾に通い詰めになるという。藤崎はそんなことを思い出しながら、弘樹の背中を見送った。

何はともあれ、元気になってよかった。

弘樹なりに悲しみを乗り越えたのか、父親が支えてやったのだろう。藤崎はひとまず安堵して、自宅へと戻って原稿に取りかかった。


数日後、別の版元と打ち合わせがあった。

思いのほか盛り上がってしまい、帰宅は深夜になってしまった。藤崎が住む長屋の住民はすっかり寝静まっており、頼りない街灯が家の前の路を照らすだけであった。

そのお陰で、夜空の暗幕に浮かぶ月がやけに美しく見えた。

(実りがある話ができたが、疲れたな。風呂に入らずに眠ってしまおうか……)

藤崎は大あくびをする。

きっと、布団を敷いたところで力尽きてしまうだろう。

そんな時、目の前を大きな影がさっと横切った。小動物にしては巨大なそれに、藤崎は思わず声をあげた。

「うわっ!」

「わあ!」

すると相手も声をあげる。

人間だった。それも、声に聞き覚えがある。

「弘樹君……！」

「藤崎のおじさん……」

それは紛れもなく、弘樹であった。彼は気まずそうな顔をして、さっと目をそらす。

「どうしてこんな夜遅く……」

父親も一緒だろうかと見回すが、平野の姿はない。

「よ、用事があるんだ！」

弘樹はそう言って、藤崎を振り払おうとした。

その時、弘樹の顔が街灯の下で明らかになる。弘樹の顔色を見て、藤崎はぎょっとした。

弘樹の顔は血の気が失せたように真っ青で、生気を感じられないのだ。元気が溢(あふ)れているはずの小学生の男児とは思えないほどにやつれてしまっている。

「弘樹君、大丈夫かい？」

「大丈夫だってば！」

弘樹はそう叫ぶと、藤崎を振り払って一目散に去っていく。

藤崎は、弘樹が何かを抱いているのに気づいた。

和綴(わと)じの本だ。小学生が持っているには不釣り合いなそれは、見覚えがある。

藤崎はとっさに弘樹を追うものの、弘樹は小さな身体を活かして物陰に隠れながらあっという間に藤崎を撒いてしまった。

「どうしてあの本を……。まさか、怪談売りが弘樹君と接触したのか？」

そして弘樹は、怪談売りから本を買ったのだ。

どんな内容の本かはわからなかった。しかし、怪談売りが売っているのは、怪異に遭遇する本だ。

弘樹は、怪異に憑かれている。

そう考えれば、不自然にやつれていたのも説明がつく。

「平野さんはまだ会社か？　伝えておかないと……」

藤崎は平野にショートメッセージを送った。

それだけでは不十分だと思い、疲労がまとわりつく身体に鞭を打って弘樹が消えていった方へと赴いてみるものの、弘樹の姿は見当たらなかった。

「相手はまだ幼い子じゃないか。何を考えているんだ、怪談売りは……！」

藤崎の中に疑問と怒りが渦巻く。

しかし、夜の街は彼の問いに答える術を持たなかった。

「怪談売りの本か……!?」

翌朝、藤崎のもとにショートメッセージが届いた。

平野からだ。藤崎が息子のことを教えてくれたことへのお礼と、自分が帰ってきた時には弘樹が家に戻っていたという旨が書かれていた。

つまり、弘樹は平野がいない時間帯を狙って、どこかへ向かったということか。怪談売りの、怪異と遭遇する本を持って。

平野のショートメッセージには続きがあった。

今日は何とか早く帰れるようにする、と。

平野は残業で夜遅くなっていたのだろう。藤崎は前職で終電間際に帰らざるを得なかったことが何回かあったのを思い出す。

平野は今日も帰れないかもしれない。

そう思った藤崎は、平野家を見張ることにした。

日が沈んだ後、藤崎は窓越しに平野家を眺めながら仕事をしていた。

「まるでストーカーだ」

他人の家を監視するのは、いい気分ではない。平野が早く帰ってくるよう切実に願った。

家路を急ぐ人々が長屋の前を通り過ぎる。

夜空にぽっかりと月が浮かび、いまだにLEDではない街灯がチラつき、通行人がぱたりと途絶えた時間帯に、辺りを窺うようにして平野家から飛び出した存在がいた。

「弘樹君だ……！」

胸に抱いているのは、やはり和綴じの本だ。

藤崎は、今度こそ弘樹を止めようと家から出る。しかし、藤崎が呼び止めるより早く、弘樹の行く手が阻まれた。

「弘樹！」

「お父さん……！」

平野だ。藤崎に約束したとおり、仕事をなんとか切り上げてきたらしい。

「どうしたんだ、こんな時間に」

「えっと……。おなかがすいてて……コンビニに……」

「それなら、お父さんがついて行こう」

「それは……ちょっと……」

弘樹はもごもごと口ごもる。コンビニに行きたいというのは嘘なのだろう。

「すいません、藤崎さん。ご心配をおかけして」

平野は藤崎に気付き、申し訳なさそうに頭を下げる。

「いえ、私は何も……。それより、気になることが」

藤崎は、弘樹が持っている本を見やる。

「弘樹君、その本はどうしたのかな？」

藤崎に問われ、弘樹は身体をびくりと震わせた。

「と、図書室でかりて……」

「のぼりを立てたお兄さんから買ったんじゃないか？」

藤崎の言葉に、弘樹は目を見開いた。どうして知っているのと言わんばかりだ。

「やっぱりか……」

藤崎は溜息を吐き、弘樹にやんわりとこう言った。

「その本は危ない本なんだ。そのお兄さんが売っている本を持っていると、おばけが出るぞ」

「なっ……」

声をあげたのは平野だった。耳を疑うようなことを言っていると、藤崎も自覚していた。

彼への説明は後回しだ。今は、弘樹に本を手放させなくては。

「あのお兄さんの本を手にして、怖い目に遭ったおじさんもいる。悪いことは言わない。その本は、お兄さんに返して——」

「知ってるよ」

今度は、藤崎が耳を疑う番だった。

動揺する大人二人の前で、弘樹は迷わずに繰り返した。

「知ってるよ。おばけが出るって」

「それじゃあ……」

「だから、怪談売りさんから買ったんだ！」

弘樹はそう叫んだかと思うと、藤崎を振り切って走り出した。

「弘樹！」

平野が名を呼び、追いすがろうとする。しかし、弘樹は小柄な体躯を活かして建物と建物の間にあるわずかなすき間に滑り込み、姿を消した。

平野はなんとか先回りしようと駆ける。藤崎も一緒だ。

だが、弘樹の姿を見失ってしまった。

「どういうことなんだ……弘樹……」

肩で息をしながら、平野は嘆く。

「藤崎さん……。弘樹はいったい……」

「その、信じてもらえないかもしれませんが……」

藤崎は、平野に怪談売りのことを説明した。

「えっ……？」

怪談を記した本を売る男。その本を買うと、本の内容の通りの怪異に遭遇すること。

そして、弘樹が持っていた本はその男から買ったに違いないということ。

怪談売りの話はSNSでも広がっていて、弘樹が知っていてもおかしくないということを。

「まさか、そんな都市伝説のような存在が……」

「いるんですよ、平野さん。私はその存在を追っていて、この目で見ましたから」

藤崎は戸惑う平野を見つめる。

平野はしばらくの間、懐疑的な表情を拭えなかったが、やがて、自らを納得させるように息を吐いた。

「もし、それが本当だとしたら、弘樹はおばけに取り憑かれているのでしょうか……」

「……その可能性もあります。ただ、今の弘樹君から本を取り上げても根本的な解決には至らないでしょう」

なにせ、他人のもとに忍ばせたとしても、燃やしたとしても、買主のもとに戻ってくるような本だ。

「では、どうすれば……」

「こんな時間ですし、弘樹君の保護はした方がいいでしょう。あとは、怪談売りを捜します」

怪談売りから、弘樹が買った本の情報を引き出す。それによって、別のとっかかりが見つかるかもしれない。

「弘樹君の学校はどちらですか？　通学路で遭遇した可能性が高い」

「こ、こっちです！」

平野は藤崎に、小学校までの道のりを案内する。

普通ならば、路上販売などやっている時間帯ではない。しかし、相手は怪談売りだ。丑三(うしみ)つ時(どき)であろうと店を開いているかもしれない。

道中、弘樹の姿がないか見回してみるが見つからなかった。

藤崎は、藁(わら)にもすがる想いでのぼりを探す。

「あれは……！」

声をあげたのは平野だ。彼の視線の先には、のぼりが立っていた。

『怪談あり〼』という文言が生ぬるい夜風に吹かれてはためく。

学校の裏手にある人気のない細道に、怪談売りはいた。

「怪談売り！」

藤崎がその名を呼ぶと、怪談売りは鎌首を持ち上げるように顔を上げ、迷惑そうに眉(まゆ)をひそめた。

「そんなに大声を出して、近所迷惑ですよ、ライターさん」

「くっ……」

藤崎が口を噤(つぐ)むのと入れ替えで、平野が怪談売りに詰め寄った。

「あんたか！　うちの息子に危険な本を売りつけたのは……！」

「息子……。ああ、『雲外鏡の手引き』を買っていったお客さんですか」

平野の剣幕に動じることなく、怪談売りはマイペースに言った。

平野は、聞き慣れない単語に目を丸くする。

「雲外鏡？」

「真実を映し出す妖鏡のことです」

藤崎が説明を補足する。

「鏡には不思議な力があり、真実を映し出すことができる。ここでいう真実とは、化け物の正体などという人ならざる者の真の姿を暴くというものですが――」

「鏡は現世と霊界を繋(つな)ぐ力もあります。あのお客さん、おっかさんが亡くなって寂しいと嘆いてましたからね。こいつと引き換えに、望む怪談を売ったんです」

怪談売りは、手に握りしめていた硬貨を弾(はじ)く。

十円玉と百円玉が宙を舞い、月光を受けて輝いた。お決まりの百十円を見せつけると、怪談売りは二枚の硬貨を再び手中に収めた。

「弘樹が望む怪談……だと。まさか……」

「弘樹君が望んだものとはいえ、それは怪異だ」

藤崎は厳しい口調で断言した。

「現に、弘樹君は何かに取り憑かれたように、日に日にやつれている。このままだと命が削られて、死に至るんじゃないか？」

死という言葉に、平野は顔をこわばらせた。

「そうだ……。弘樹は最近、食がすっかり細くなって……。やはり、悪いものに憑かれているせいだったのか……！」

「そんなに気になるなら、ご自分の目で確かめてみればいい」

怪談売りはいつも通り、うっすらと笑みを浮かべて平野に告げる。

「だが、どこにいるのか……」

「必要なのは、月明かりと鏡です。そして、鏡が大きければ大きいほど、会いたい存在がよく見える」

「姿見があるところか？」

藤崎が口を挟むと、怪談売りはにんまりと笑った。

「ご明察。おおかた、家の姿見では月明かりが当たらなかったんでしょう。だから、家の外に出ざるを得なかったということですかね」

「それじゃあ、月明かりが当たりそうなところにある姿見を探せばいいな」

そこに弘樹がいるはずだ。

藤崎は怪談売りに聞きたいことがたくさんあった。怪談売りの話を聞けば聞くほど、記事が充実して瑞樹の版元や読者からの評価が上がる。

しかし、そんなことは後回しだ。今は、平野親子のことを解決したい。

だが、肝心の平野は、うつむいたまま押し黙っていた。

瞳（ひとみ）が揺れ、指先が震えている。動揺しているのは明らかだ。

「平野さん？」

藤崎が平野に声をかけるが、平野は心ここにあらずといった表情だ。彼は己の中で、何かと必死に戦っているようだ。

代わりに、怪談売りが動く。

「当てずっぽうで探していたら、月が沈んじまいますよ。ほら、これがお客さんのいる場所だ」

怪談売りは、紙に描いた簡単な地図を藤崎に差し出す。

「お前……どうして」

「未成年には売った側にも責任がありますからね」

ひょいと肩をすくめる怪談売りの本心は、藤崎には測りかねた。

「とにかく……感謝する！」

藤崎は平野の腕を引っ掴み、怪談売りが教えてくれた場所を目指す。

ずっと追っていた存在が見送っているというのに、藤崎は一度も振り返らなかった。

地図をもとにやってきたのは、廃墟であった。

住宅街にぽつんとある朽ちかけた家で、無造作に茂った雑草と樹木が、崩壊した家屋を包み込んでいた。所有者不明の空き家なのか放置されて久しいようで、屋根の一部は落ちていた。

周囲に人影はない。監視カメラもない。

「不法侵入になるが、致し方ない……」

藤崎は半開きになった門をすり抜け、ジャングルのようになった庭の草木をかき分け、なんとか玄関に辿り着いた。

平野も、うつむいたままのろのろとやってくる。怪談売りに食って掛かった時の剣幕はどこへ行ったやら、顔はすっかり青ざめていた。

「平野さん、大丈夫ですか？」

「あ、ああ。大丈夫です……」

大丈夫とは思えない。額にびっしりと脂汗を滲ませている。足取りも鉛のように重く、藤崎は彼を連れて行くのを躊躇った。

しかし、これは平野親子の問題だ。平野が弘樹に会わなくては意味がない。

藤崎が半開きになった玄関の扉をすり抜けると、急に視界が開けた。

「あっ……」

藤崎と平野は、思わず声をあげる。

屋根がすっかり無くなった天井から、月明かりが降り注いでいる。

辛うじて壁が残っている玄関先には大きな姿見があり、そこに、弘樹がたたずんでいた。

弘樹はとっさに背後を振り向く。

鬼気迫る表情の彼が抱いているのは、『雲外鏡の手引き』。そして、彼が向き合っていた姿見に映るのは、彼の背中と――。

「美幸……」

平野はその場にくずおれた。

弘樹を見守るように、儚げな女性が映っていたのだ。平野の妻で弘樹の母親だ。

その様子に、藤崎は息を呑んだ。身動きが取れなくなり、思わず立ち尽くした。

「どうして……ここに……」

弘樹は震える声を振り絞って、辛うじてそう言った。

彼は怯えるような眼差しを藤崎と平野に送っている。

廃墟に不法侵入したことへの罪悪感からか。いや、『雲外鏡の手引き』を取り上げられるかもしれないという恐怖からだろうか。それとも、連れ戻されて母親から引き離されることへの怯えか。

弘樹は本を守るように抱きながら、じりっと後退(こうたい)する。そんな様子を、鏡の中の母親は悲しげな表情で見つめていた。

「弘樹君……。君は毎晩、ここでお母さんに会っていたのかい？」

藤崎は弘樹が落ち着けるように、できるだけ柔らかい口調で問う。弘樹は警戒を露(あら)わにしながらも、静かに頷(うなず)いた。

「お母さん、言ってたんだ。ずっと僕たちのことを見守ってるからって……。でも、どんなに見回してもお母さんの姿がなかった……。だから……」

「雲外鏡の力を借りた。――そういうことか」

弘樹は頷く。

雲外鏡は真実を映す。肉眼では見えないあの世の存在もまた、映し出すことができるのだ。

「でも……」

弘樹は頷いたまま、うつむいてしまう。

「お母さん、何も言ってくれないんだ。それに、いつも悲しそうで……」

「鏡だからな。姿を映すことはできても、声を発することはない。……お母さんも、もどかしいだろう」

藤崎は、姿見の中にいる弘樹の母親を見やる。

これはまやかしではない。本物だ。

藤崎は、怪談売りの本の効果を認めた。

生気と引き換えに都合のいいまやかしを見せるというのは、怪談でよくある話だ。

しかし、この母親の姿は都合がいい妖術の類ではない。母親の表情は生々しく、そして、部外者である藤崎すら胸が痛むほどに物悲しかった。

彼女が見つめている先には、平野がいた。

平野は土埃まみれの床に膝をつき、亡き妻のことを見つめていた。

「こんなところで、会えるなんて……」

平野の双眸から大粒の涙が溢れ出す。それは息子の弘樹すら驚くほどの勢いで、平野の膝を濡らし、土埃が積もった床を湿らせた。

「お父さん……」

「すまない……見ないでくれ……。すまない……」

平野は嗚咽を混じらせながらも、必死になって涙を拭う。しかし、拭えば拭うほど溢れてきて、あっという間に平野の顔をくしゃくしゃにした。

「平野さん……」

藤崎は、弘樹と平野の間に入って衝立代わりになってやる。息子から見えなくなったことで、平野はようやく息を吐き出した。

「藤崎さん。私は……こんな風に泣いてちゃダメなんです……。父親なんだから……しっかりしないと……」

「そんなことは……」

ずっと我慢していたであろう悲しみの吐露。そして、弘樹の驚いた表情。

それらを見て、藤崎は察した。

きっと平野は、親として自らを律し、弘樹の前では悲しみを見せないようにしていたのだろう。だが、残業がある忙しい会社と弘樹がいる自宅の往復で、自らの本音をさらけ出す場所がなかったのだ。

平野は最愛の妻を喪った悲しみを、ずっと募らせていた。しかし、親としてしっかりしなくてはいけないという気持ちが本音に蓋をし、重しを載せていたのである。

もしかしたら、弘樹と深いコミュニケーションをするのを避けていたのかもしれない。ちょっとしたことで、悲しみが決壊しそうになるから。

しかしそれは、結果的に弘樹を孤独にしてしまい、弘樹は都市伝説的な存在にすがるしかなかったのだ。

「お父さん……」

弘樹は藤崎の背中越しに、父親を呼ぶ。

責めているわけでも、戸惑っているわけでもなく、ただ、心配するような声だ。

「僕こそ、ごめんなさい……。お父さんに心配をかけて……」

「いいや……。お父さんの力不足だ……。お前は悪くない……」

平野は洟(はな)を啜(すす)りながら頭を振る。

藤崎は、そっとどいて親子を対面させた。

弘樹の目もまた、涙に濡れていた。それでも父親の悲しみを受け止めるように、父親を真っ直ぐ見つめていた。

「弘樹……」

平野は、そんな息子を思わず抱き寄せた。弘樹は黙って抱き寄せられ、父親の背中をぽんぽんと優しく叩(たた)いた。

「お父さん……僕はもう大丈夫。お母さんが見てるの、わかったから……」

「うう……。弘樹……美幸……」

平野はくしゃくしゃになった顔を上げる。

弘樹の背後の姿見では、美幸が弘樹と平野の肩をそっと抱き、慈しみの眼差しで微笑んでいた。

月光に照らされたその姿は美しく、まるで菩薩のようであった。

「さて、手引きに新たな章が刻まれたわけですが」

静謐な廃墟に、若い男の声が響く。

「怪談売り……！」

朽ちかけた玄関先に、その男は立っていた。

藤崎がぎょっとする中、弘樹は怪談売りを見やり、意を決したように頷く。

「弘樹？」

弘樹は平野の腕をそっと解くと、『雲外鏡の手引き』を怪談売りに差し出した。

「怪談売りさん、この本、返したいです」

「おや、理由を聞いても？」

怪談売りは相変わらず不透明な笑みを浮かべながら、弘樹に問う。

「僕はその……もう大丈夫です。お母さんがそばにいることもわかったし、お母さんが笑ってくれたから……」

弘樹は姿見の母親の方を見やる。母親は静かな微笑を浮かべ、無言で頷いた。

「でも、僕以外の大丈夫じゃない人もいると思うんです。そういう人に、この本が必要なんじゃないかって……」

「ほう？」

怪談売りは興味深げに目を細める。

「弘樹……」

やり取りを見守る平野の方を、弘樹は振り返った。

「お父さんも……大丈夫だよね？」

「あ、ああ、勿論だ。打ち明けられることができたお陰か、それとも母さんに会えたお陰か、不思議と心が穏やかなんだ……」

平野は姿見の妻を名残惜しげに眺めていたが、やがて、弘樹の方を真っ直ぐ見つめた。

「返品をなさるというのなら、まあいいでしょう。お客さんの怪談も加わり、本に厚みが生まれました」

怪談売りは弘樹から『雲外鏡の手引き』を受け取り、百十円を返した。

弘樹と平野が亡き家族と再会したことも、怪談の一つになるらしい。心なしか厚みが増した本を見つめ、怪談売りは満足そうに笑った。

姿見には、もう亡き家族は映っていない。それどころか、鏡はひどく曇っていて、平野親子の姿すらよく見えなかった。

「本も回収しましたし、私はこれで」

怪談売りは踵を返す。

そんな背中に、弘樹は叫んだ。

「怪談売りさん！」

「なにか？」

怪談売りは、振り返らずに応える。

「お母さんに会えてよかったです！　ありがとうございました！」

「ご満足いただけたのなら何より。また、ご縁がありましたら」

怪談売りの姿が見えなくなるまで、弘樹は深々と頭を下げていた。平野もまた、深く首を垂れていた。

そんな中、藤崎はハッとして、怪談売りの後を追った。

廃墟を覆う草木をかきわけた藤崎は、怪談売りの姿が完全に消える前にその背中に追いすがった。

「おい、怪談売り！」

「今日は店じまいです。お帰りください」

いけしゃあしゃあと言ってのける怪談売りに駆け足で追いつき、藤崎は進路を塞いだ。

「お前に聞きたいことがある」

「私は話すことはありませんよ。あなたはお客さんではありませんし」

憎まれ口を叩きながらも、怪談売りは足を止めた。

澄ました顔をしているこの男は、腹の中で何を考えているかわからない。

聞きたいことは山ほどあったが、藤崎は質問を選んだ。核心に迫った瞬間、逃げられてしまいそうだ。まずは小さな質問からしよう、と。

「やけにあっさりと返品を受けたが、それもお前の想定通りということか？」

「さて？」

「弘樹君──あの子が雲外鏡の怪異に魅せられたままでは衰弱してしまうから、目的を果たしたタイミングで回収したんだろう」

「あのお客さんがやつれていたのは、怪異のせいでもなんでもありません。心労と睡眠不足ですよ」

怪談売りはさらりと言った。

「そ、そうなのか？　……いや、案外そうかもしれないな。まあ、それならそれでいい」

食が細くなったのも、不摂生が祟った（たた）ためなのだろう。怪異が存在しなくても、有り得る話だ。

「とにかく、今回の回収は計画性を感じた。でないと、お前はあの場に現れないはずだ。もしかしたら、その本の内容を充実させたかったのか？」

　少し厚くなったように見える『雲外鏡の手引き』。街灯の下で改めて見つめると、新たに気づくこともあった。

「その本、お前が普段並べているものよりも古くないか？」

　怪談売りが販売している書物は、ほとんどが古びた和綴じの本だ。

　しかし、『雲外鏡の手引き』は輪をかけて古く、冒頭の方のページなど、端が風化しかけている。だが、最後の方のページはかなり新しく、つい先ほど追加されたかのようだ。

「新しく加わった怪談は、新しい紙なのか……。それじゃあ、この本の最初の怪談はかなり前のもの……なのか？」

「この本自体がとても古いものでして、私が怪談売りになる前に作られたものです」

　怪談売りは、本の表紙を撫でながら言った。その指先に宿る感情は優しく、並々ならぬ愛情が籠っているように見えた。

「『怪談売り』になる前……」

　藤崎は、己の中で何かがざわつくのを自覚する。奈落に通じる崖に落としてしまった何かが、這い上がってくるような感覚だ。

「お前は一体、なんだったんだ……？」

「さあ？」

怪談売りがはぐらかした瞬間、這い上がってきていたものは再び奈落へと転落した。

「それを調べるのが、ライターさんの仕事では？」

「お前にインタビューして聞き出すことも俺の仕事だ」

「生憎と、取材は受け付けてませんので」

怪談売りの態度は、取り付く島もない。やはり、素直に教えてくれるものでもないのか。

「……なら、俺が客になる。お前を調べるために、お前から怪談を買う」

「冗談」

怪談売りは鼻で嗤った。

「あなたに売る怪談はありません」

「怪談を必要としているのに、か？」

「この前も見たでしょう。あなたは業が深すぎて物語が負けちまう。ライターさん、物語を受け入れるのには相応の器ってもんがあるんです。物語の裏を暴いてやろうなんて心がけの人間は、物語から何も得られやしませんよ」

怪談売りの言葉は的を射ている。図星を指された藤崎は、返す言葉が思い浮かばない。

「まあ、せいぜい怪談売りを追いかけて記事を重ねてください。そのうち、ライターさんなりの真実が見えるんじゃないですかね」

「お前は……これからも怪談の売買を続けるのか？」

「そりゃあそうでしょう。『怪談売り』なんですから」

「どうして怪談の売買を続けるんだ……？　平野親子のことといい、怪談を売って人助けをしているようにも――」

藤崎の目の前に、ずいっと『雲外鏡の手引き』が差し出される。藤崎は反射的に口を噤み、怪談売りを見やった。

怪談売りは目を細め、底の見えぬ微笑を浮かべてこう言った。

「それは、私がそういう存在だからです」

ぴしゃりと断言した瞬間、生ぬるい風が吹き荒れる。廃墟から巻き上げられた枯れ葉が藤崎に襲いかかり、反射的に目を閉じた。

藤崎が両眼を開いた時には、怪談売りの姿は既になかった。

そういう存在だから。

怪談売りの言葉が耳から離れない。

藤崎は、彼の感情の読めぬ笑みの中に、ほんのわずかな悲哀が見えたような気がしてならなかった。

後日、平野親子は律義に藤崎のもとを訪れた。

世話になった礼にと菓子折りを差し出されたので、恐縮しながらも受け取った。その代わり、藤崎は自分の仕事を明らかにし、何かあったら声をかけてくださいと伝えた。

「結局、怪談売りさんに会いながらも怪談を売ってもらえなかったんですね」

喫茶店で打ち合わせをしている藤崎は、残念そうにクリームソーダを啜る瑞樹に「すいません」と謝った。

「でも確かに、藤崎さんは怪異なんて怖がらなそう。根掘り葉掘り聞きそうですしね」

「そんなことは……」

ないとは言い切れない。

今回も、平野親子の件に首を突っ込みすぎた。結果的に、彼らの仲を取り持つことができたが、どう考えてもお節介である。

「怪談売りさんは、『そういう存在』って言ってたみたいですけど、人を怖がらせるのが目的なんですかね。藤崎さんは怖がらなそうなので、除外したっていう……」

「いいや。お向かいさんの息子さんに対して、怖がらせようという意思は感じませんでした。むしろ、怪異の存在を広めているだけのような……」

彼に怪談を売った者からは怪異が離れるとは言え、怪異に遭った記憶がなくなるわけではない。怪異の存在を知る者は、怪談売りの本を介して増え続けるのだ。

「そう考えると、藤崎さんと似た者同士じゃないですか」

「はぁ？」

藤崎は、思わず素っ頓狂な声をあげる。

「藤崎さんだって、怪談売りさんを始めとする怪異を記事にして広めているでしょう？　まあ、それを言ったら私達もその片棒を担いでいることになるんですけど」

「そう言われてみれば……そうかもしれませんね。同業者……というのも少し違うかもしれませんが……」

あの曲者と似た者同士と言われてしまうと腑に落ちないものがあるが、反論の余地はない。

自分は怪談売りを追っている立場だと思っていたが、案外、怪談売りに追い立てられているのかもしれない。

もっと、怪異の存在を広めよ、と。

わざとつれない態度を取りつつ、更なる深淵へ誘おうとしているのかもしれない。

そんなことを考えながら、藤崎はクリームソーダのアイスを崩して頬張ったのであった。

第四話　文車妖妃の書

世界の終わりが話題になった時期がある。

藤崎も暗く混沌とした時代を過ごした世代で、終末というものは身近であった。

きっと、あの時代を過ごしていない人間にはわからない感覚なのだろう。

終わりが近づく世界を知っている者と知らない者。その明確な隔たりをジェネレーションギャップというありきたりな言葉で表現してしまっていいものだろうか。

「というわけで藤崎さん、次の特集『ノストラダムスの大予言を振り返る』に寄稿して欲しいんです」

喫茶店で、瑞樹が前のめりになりながらそう言った。

「ノストラダムスとはまた、久しぶりに聞きましたね。どうして今？」

「そりゃあ、延々と続く不景気や不安定な世界情勢。暗澹たるこの世の中は、あの時と似ているじゃないですか！」

「瑞樹さんはあの世代でしたっけ」

「辛うじて生まれてます」

「ぎりぎり、一九九〇年代ってところですか……」

瑞樹は若い。その頃の記憶なんて、ほとんどないだろう。

「あの頃と今は違いますよ。あの頃はテレビや雑誌が全てでしたけど、今はスマホもあって誰でも情報を発信できる。それはそれで違った息苦しさがありますけど」

藤崎は、当時のことを思い出しながらそう言った。

「そこは記事に書いて頂ければと。うちの雑誌、意外と若い方が読んでいるので」

「なるほど」

「で、お引き受けして頂けるんですか？　それとも、お引き受け頂けないんですか？」

「おっと、失礼。是非とも書かせてください」

藤崎から言質をとった瑞樹は、満足そうに微笑んだ。

「後ほど、正式にメールで依頼をさせて頂きますね。藤崎さんがノストラダムス世代で本当によかった」

「自分もギリギリと言えばギリギリですけどね。小学生だったし」

「小学生で世界の終わりを感じるのって、怖くなかったですか？」

瑞樹はコーヒーフロートを口にしながら、藤崎に問う。

藤崎は自らの記憶の糸をたぐり寄せた。

「怖かった……ですね。今晩眠ったら二度と目が覚めないかもしれないとか、空から隕石が降ってくるかもしれないって思ってました」

　その話を聞いた瑞樹は、涙を拭う芝居をした。

「そんな大変な小学生時代を過ごしたのに、藤崎さんがこんなに立派に真っ直ぐ育って嬉しいです……」

「なに目線なんですか、それ……」

　藤崎は苦笑しつつ、コーヒーフロートの溶けかけたアイスを口に運んだ。

「まあ、結局何も起きませんでしたけどね。ただ、みんなが怖がって騒いだだけ。新興宗教が世間を騒がし、霊能力者が連日のようにテレビに出て、自分は夏休みに……

……」

　更に記憶を遡ろうとした藤崎であったが、突如として、霧に覆われたかのような感覚に襲われた。

「藤崎さん？」

　固まってしまった藤崎の顔を、瑞樹が心配そうに覗き込む。

「すいません。夏休みの自由研究の一環かなにかで、何かをしたような気がするんですけど、忘れてしまって」

「あるあるですねー。でも、ノストラダムス関連なら、記事のために思い出さないと！　母校に問い合わせてみてはどうですか？」

　仕事に熱心な瑞樹が再び前のめりになる。

「いや、学校には提出しなかった……ですね。何かをしたものの……それは結局形にならなかった……ような？」

　ひどく記憶が曖昧で、藤崎は首を傾げた。なにせ二十年以上も前の記憶なので、薄れるのは当然だ。

（いや、そうか？　妙に引っかかるんだ。俺にとって大きな出来事が起こったような気がする……）

　思い出そうとすると、心の中に重々しく渦巻くものの影だけが見える気がする。しかし、それは濃霧の中に沈んでいて、正体がよくわからない。

　どんなに自らの記憶の中で手探りをしても、それは変わらなかった。

「真実は小学生の頃の藤崎さんのみぞ知るってことですか。気になりますねぇ」

「両親が何か知ってるかもしれません。一応、実家に聞いておきます」

　そう言ったものの、形にならなかったものだ。両親に見せる前に、自分の中でなかったことにしてしまった可能性もある。

「それにしても、小学生の藤崎さんってどんな子だったのか気になりますね。結構モテたんじゃないですか？」

「まさか。なぜです？」

「二枚目ですし」

「どうも恐縮です。でも、自分はそんなに活発ではなかったですし、浮いた話はありませんでしたよ」

スポーツができる男子は女子から人気だったな、と藤崎は思い出す。

「小学校の頃、藤崎さんは何をして過ごしてたんですか？」

「読書をしていたことが多かったですね。本を読むことで、自分とは違う人間の人生を見られることが楽しかったです」

「おおー。文学男子だったんですね」

瑞樹の目が輝く。出版社に勤めている者ゆえか。

「でも、やんちゃなところもありましたかね。友人とUFO招喚の儀式を試したこともありました」

「えっ、なにそれ。可愛すぎますね。UFOは来たんですか？」

瑞樹の問いに、藤崎は苦い顔をした。

「白くて丸い飛行物体が来たんですが」

「すごい！」

「飛行船でした」

「なんだー」

瑞樹は大袈裟(おおげさ)にがっかりする。

「まあ、それもあるあるですよね。私もＵＦＯが飛んでると思ったら、凧(たこ)だったことがありますし」

うんうん、と瑞樹は頷(うなず)く。

「小学校の頃の藤崎さんは、文学男子だったけどオカルト男子で、オカルト分野では活発だった、ということですね」

「まあ……そうですね。今の小学生はＵＦＯを招喚しないかもしれませんが、あの頃は世間がオカルトに染まってましたし」

そこまで言うと、藤崎は瑞樹が自分をじっと見つめているのに気づいた。

「どうしました？」

「いえ。夏休み以外の記憶はそんなに鮮明なのになぁ……と思いまして」

瑞樹に指摘されて、藤崎はハッとする。

「たしかに……。何なんでしょうね。煙に巻かれたように記憶が辿(たど)れなくて」

「もしかして……」

瑞樹は真顔のまま、ずいっと前のめりになる。

「藤崎さん、怖い目に遭ったんじゃないですか？」

瑞樹の言葉が、藤崎の胸の奥に突き刺さるのを感じた。

なぜか核心を衝いている。そんな気がしたのだ。

「どう……なんでしょうね」

「忘れていることに何か意味があるのかも。トラウマだったら、無理に思い出さない方がいいと思います」

瑞樹は藤崎を心配してくれているようだった。

藤崎の視界にはふと、窓に映る自分の姿が見えたが、顔はすっかり青ざめて、苦悶の表情をしていたのであった。

瑞樹から仕事を一つもらったというのに、帰路の足取りは重かった。

夏休みに何をしたか思い出そうとすると急に全てが曖昧になり、記憶の中で前後不覚になってしまうのだ。

「……寒いな」

秋がすっかり深まっているというのに、瑞樹につられてコーヒーフロートを飲んだのが間違いであった。

身体をぶるりと震わせ、枯れ葉を踏みしめながら家路を急ぐ。秋の夕暮れ時はすっかり暗く、街灯がない通りは通行人の顔がよく見えないほどだ。

記憶を無理に辿ろうとしたせいか、どうも頭が重くて仕方がない。眩暈(めまい)がしているのか、視界が揺れていた。

足元でかさかさと鳴る枯れ葉の音に混じって、蝉の声がする。東京都心では久しく聞いていない、ヒグラシの声だ。

こんな季節だというのに、一体どこで鳴いているのか。

藤崎は辺りを見回しながら、ヒグラシの声に耳を傾ける。しかし、どこを見てもヒグラシの姿はない。

（いや、これは俺の耳の中から聞こえるのか）

ヒグラシの声の発信元に気付いたその瞬間、藤崎の視界は急に眩(まぶ)しくなり、意識は光の中へと吸い込まれていった。

一九九九年夏、恐怖の大王が空から降ってくる。

ノストラダムスがそう予言したということが話題になり、人々は終末を恐れて救いを求めた。その相手は霊能力者や新興宗教などで、空前のオカルトブームになったのである。

日本はバブル崩壊のタイミングが重なり、将来への不安に拍車をかけた。終末を謳（うた）うエンターテインメントも増え、世界の終焉（しゅうえん）が身近になった時代である。

一九九八年の夏。世界の終わりまであと一年というところで、当時十歳だった藤崎は一念発起した。

一年後に訪れる終末から、家族や友人を救おうとしたのである。

当時、世間を賑（にぎ）わせていた文蔵重遠（ふみくらしげとお）という霊能力者がいた。彼は数々の著書を出版してテレビに出、彼に救われたという人もまた彼の偉大さをあらゆるところで語っていた。

そんな文蔵は、『文車（ふぐるま）の会』と称して信者を集めているという。

藤崎はその場所を特定し、たった一人で向かった。自宅から電車に乗って県を越え、バスに乗って山の麓（ふもと）までやってきて、登山道を延々と登りつつ、『文車の会』の総本山がある場所を探した。

藤崎が欲したのは、文蔵が霊力を込めたという『再生の栞（しおり）』だ。

それを身につけていれば、世界とともに自身が終わったとしても、再生ができるという。

まるで、栞を挟んだ場所から読書を再開できるかのように。

『再生の栞』を得るには、高額な献金が必要だとも聞いていた。

藤崎は自分のお小遣い全てを握りしめてやってきたが、それでは足らないことも勘付いていた。

そのギャップを埋めるにはどうすればいいか。自分が『文車の会』で働くことでどうにかできないか。文蔵に直接尋ねたいと思ったのである。

さて、藤崎少年は、山の中にあるという『文車の会』の建物が見当たらないことに焦りを覚えていた。

太陽は西の地平線に沈みかけ、自分の影はすっかり引き延ばされ、周囲の木々と見分けがつかないほどだ。

山道に響くのは、自分の足音とヒグラシの物悲しげな声だけ。昼間にはそれなりにいた登山客はいなくなっていた。

「まずいぞ」

藤崎は全身から汗が噴き出すのを感じる。暑さからの発汗ではなく、冷や汗に近い。

日が沈んでしまったら探索ができなくなる。それどころか、下山すら敵(かな)わなくなる。

両親には、友人の家に泊まりに行くと言った。だが、両親が友人の家に電話をしたら嘘がバレてしまう。

家族や友人を救いたくてここまで来たのに、彼らに心配をかけるのは本意ではない。

焦る心から、藤崎は足早に進んだ。

とにかく、この山の中にあるという『文車の会』の建物を探さなくては。

藤崎が歩いているのは、山道というよりも獣道になってきた。木々が前後左右を覆い、どこもかしこも同じような風景に見える。

木の根が多いのか、藤崎は何度も転びそうになりながら前進する。

しかし、その甲斐（かい）なく、ついに太陽が沈み、影は薄闇の中に溶け込んだ。わずかな残光が辺りをうすぼんやりと照らしているが、完全に夜に覆われるまで時間の問題だ。

なんでもいい。人がいる場所はないだろうか。

もがくように前進する藤崎であったが、進行方向に祠（ほこら）のようなものが見えた。

「もしかして、この近くに……！」

藤崎は急いで駆け寄ると、なにか手がかりがないかと祠を観察する。木製の祠はまだ新しく、手入れもされているようだった。

だが、お供え物がない。不自然に思った藤崎は、「すいません……」と断りながらそっと祠の扉を開けた。

「なんだ……これ」

祠の中に収められていたのは、本だった。

和綴（わと）じの古びた本で、触れたら崩れてしまいそうだ。

『ひだる神の話』？」

辛うじて読めたタイトルを口にした瞬間、藤崎の膝がガくんと折れた。

「え……あ……？」

声が出ない。喉がからからに渇き、全身に力が入らない。地面に倒れ込んだ藤崎は、
自分が空腹であることに気付いた。

いや、空腹どころではない。これは飢餓だ。

ひもじくてひもじくて、苦しみと悲しみだけが空っぽの腹の中を渦巻いていた。

このままではまずい。力尽きて死んでしまう。

しかし、藤崎がどんなに起きようとしても、身体は全く動かなかった。

視界がかすむ中、自分を取り囲んでいる影がいるのに気づいた。

藤崎は、それが人ではないことを悟っていた。どんなに目を凝らしても存在が曖昧で、生気の欠片も感じられないのだ。

これはきっと、『ひだる神』だ。

人にひもじい想いをさせて取り殺す、人ならざる者。祠は彼らのもので、暴いてしまったからこうなったのか。

（一九九九年になる前に……俺は死ぬのか……）

遠くでヒグラシが鳴いている。藤崎の死を悼むように。

それと同時に、足音が聞こえる。草履が大地を踏みしめる音だ。命に溢れた、人間のものだ。

「どんな輩が敷地に無断侵入したかと思えば、子どもじゃないですか」

草履の人物は藤崎の前で立ち止まると、冷ややかにそう言った。

藤崎は助けてくれと叫んだつもりだが、か細い喘ぎ声になってしまった。

「まあいい。何の目的で来たのかは知りませんが、子どもは純粋ですからね。こいつは使えるかもしれない」

藤崎は、自らの首根っこがひょいと摑まれたのに気づいた。

自分を取り囲んでいた影はいつの間にか消え、自分の身体はいつの間にか引きずられていた。

自分はどこに連れていかれるのか。

不安が過ぎるものの、前方に人工的な明かりが見えたその瞬間、藤崎は安堵から意識を手放した。

夏の日差しが燦々と照り付ける中、真っ青な空から巨大な何かが降ってきた。

これは、顔だ。

一人の顔ではない。無数の顔が塊になった物体が、ゆっくりと時間をかけて落ちてくる。

それが恐怖の大王の正体なのだと、藤崎は直感的に悟った。

無数の顔は笑いながら、東京タワーを、近所の家々を、次々と潰していく。

そして、藤崎自身も——。


「はっ……！」

藤崎が目を覚ますと、木造の見知らぬ天井が視界に入った。

裸電球の柔らかな光が辺りを照らしている。四畳半ほどの簡素な和室だった。

どうやら夢だったらしい。

藤崎は記憶の糸をたぐり寄せる。確か自分は、『再生の栞』を手に入れるために『文車の会』の総本山を探していたはずだ。

そこで祠を見つけて動けなくなり、周りにはひだる神がいて——。

「お目覚めで？」

不意に聞こえた声に、藤崎は思わず身構える。

動けなくなった自分を引きずっていった者の声だ。

警戒しながら見やると、裸電球の光と夜の闇が交わる境界で、座椅子に腰掛けて読書をしている若い男がいた。

「あなたは……」

「他人の正体を聞く前に、自分の正体を教えるべきじゃありませんか？」

男は皮肉っぽくそう言った。

「俺は、藤崎……俊一。『文車の会』の総本山を探しています」

「ほう？　どうしてです？」

「……『再生の栞』が必要なんです。恐怖の大王が降ってきてもいいように」

「来る終末に備えたい──と」

「家族や友人たちが、そんなわけのわからないもので死ぬなんてイヤだから……」

「ご自分と周りの人間の分を欲しいわけですね？」

男の問いに、藤崎は頷いた。

「では、もし一枚足りなかったらどうします？」

「は？」

「ご家族とご友人が何人いるか知りません。仮に十人としておきましょう。『再生の栞』を手に入れたものの、十枚しかないとしたら」

この場合、必要なのは十一枚。藤崎の分も一枚なくてはいけないからだ。

藤崎は家族と友人の顔を思い出し、逡巡して、絞り出すように答えた。

「それなら、自分はいらない」

男は興味深げな声をあげた。

「自己犠牲ですか。結構なことで」

「いや、たぶん違う……」

「ふむ」

男は藤崎に続きを促す。

「……お祖母ちゃんが、昨年死んだんです。優しいお祖母ちゃんだったから……俺はすごく悲しかった。家族が死んでも、友だちが死んでも、同じ気持ちになると思う……。そんな悲しみ、また味わいたくない……」

いつも笑顔だった祖母が、無表情で眠っていた。棺の中にいた祖母は冷たく、ヒトからモノになってしまったのだと強く感じた。

モノだから、棺に杭を打ち付ける。モノだから、火葬場で骨になるまで焼く。

祖母がいなくなった喪失感と同時に、恐怖もあった。

ヒトはこんなにもあっけなく、モノになってしまうのか。愛おしいものを骨にして、壺に詰めて冷たい地中に閉じ込めることができるのか、と。

「なるほど」

ぱたん、と男が本を閉じる。

男は顔を上げて立ち上がった。彼は作務衣(さむえ)姿の長身の青年で、一重の美丈夫であった。その貌(かお)の整い方は作られたようでもあって、モノに似ているということもあり、藤崎は苦手だと感じた。

「おめでとうございます」

男は唐突にそう言った。

「は……？」

ぽかんとする藤崎に構わず、男は続ける。

「ここは君が探していた『文車の会』の総本山です。『再生の栞』もここで製造しています」

「ほ、本当か⁉」

藤崎は年上の相手に丁寧語を使うことも忘れ、前のめりになった。

「しかし、『再生の栞』を手に入れるには多額の献金が必要だ。まあ、坊ちゃんにもわかるように説明すると、とんでもない額のお金が必要ということです。十人分の栞が必要なら、家が二軒建つくらいですかね」

「そんな……」

大人でも途方もない額に、藤崎は落胆する。藤崎のお小遣いを全部かき集めても、到底及ばない。

「まさか、タダでもらえるなんて思っちゃいませんよね？」

男は肩をすくめる。

「思ってない！　だから、ちゃんとお小遣いも持ってきたんだ。ぜんぜん足りないけど……」

藤崎はポケットを探り、財布を取り出そうとする。しかし、財布の感触はなかった。

「あれ？」

藤崎は慌ててポケットを裏返しにし、財布を探す。

だが、どこにも見当たらない。山道で落としてしまったのだろうか。

「どこかで……落としたみたいだ。お年玉も入っていたのに……」

藤崎が辛うじて見つけたのは、百円玉一枚と五円玉一枚だった。

それを見た男は、「ふはっ」と噴き出した。

「百五円って……百円と消費税ってことです？　駄菓子じゃないんだから。いやはや、面白いお坊ちゃんだ……！」

肩を震わせながら笑いを堪える男を前に、藤崎は猛烈に恥ずかしくなった。

「くそっ……！　財布は落としたんだってば！　もっと入ってたんだ！」

「しっ」

男は長い人差し指を唇に当て、声を抑えるよう促す。誰のせいだ、と思いながらも藤崎は口を噤んだ。

「まあ、いいでしょう。こいつは貰っておきますよ」

男は百円玉一枚と五円玉一枚を手に取る。藤崎は、男の真意を測りかねて目を丸くした。

「それって……」

「『再生の栞』はなんとかするってことです。ただし、条件付きですがね」

これっぽっちですし、と男は百円玉一枚と五円玉一枚を手の中で弄んだ。

「なんでもする！　俺にできることなら、なんでも！」

藤崎はすがるようにそう言った。すると、男はほくそ笑むように口角を吊り上げた。

その笑みの冷たさに、藤崎は思わずぞっとしてしまったが、今更、後戻りはできない。

男がなにを企んでいるのか知らないが、家族と友人を救うためにはこれしか方法がないのだ。

「それに関しては、夕方にでも話しましょう。すぐにでもと言いたいところですが、もう少しで夜が明ける」

藤崎の腕時計は、深夜二時半を指していた。自分は目の前の男に保護されてから、すっかり眠っていたらしい。

本日の夕方に何かをするということは、この山の中で二泊することになるだろう。帰りを待つ親が訝（いぶか）しんで友人宅に連絡をする可能性は高い。みんなを心配させることになってしまうが、せっかく『再生の栞』の足掛かりを得たのだ。あとで親にどれだけ怒られようと構わない。

「坊ちゃんは夕方にそなえて寝ておきなさい。布団は貸しますから」

男にそう言われ、藤崎は気付いた。自分が寝かされていたのは、薄っぺらい敷き布団の上であった。この男のものなのだろうか。

自宅ではベッドだが、祖母の家では畳の上に布団を敷いていた。懐かしい気持ちと悲しくも恐ろしい思い出がないまぜになり、藤崎は複雑な感情を抱いた。

「でも、あんたは……」

布団がもう一つあるわけではない。座椅子に戻る男に、藤崎は尋ねた。

すると男は、本を手にしながら答える。

「私はそんなに眠らなくていいんです。それに、今は本を読みたいんだ」

「……そっか」

男が本に視線を落とし始めたので、藤崎もまた、もそもそと掛け布団の中に潜り込む。

だが、男は思い出したように顔を上げた。

「そうそう。言い忘れてました」

「えっ、なんだ?」

「斐文。それが私の名前です」

男——斐文はそう名乗ったきり、本に視線を落としたまま藤崎の方を一瞥もしなかった。

藤崎もまた彼の名前をしっかりと胸に刻み、無言で眠りに落ちた。


斐文は自分のことを、「使用人のようなもの」と言っていた。

藤崎がいるのは、『文車の会』の総本山にある文蔵重遠の屋敷の離れだそうだ。

文蔵は東京に本宅があり、ここは別荘のようなものという。ただ、よく出入りしているため、気を付けて欲しいとのことだった。

「まず、文蔵様には絶対に会わないこと。彼に会った時点で、私との取引は無しとさせてもらいます」

朝になって目が覚めた藤崎に対して、斐文はきっぱりとそう言った。

斐文の真意は測りかねたが、彼は秘密裏に『再生の栞』を藤崎にくれようとしているようだ。協力関係が明るみに出たら、面倒なことになるのだろう。

「そして、この屋敷の裏の『お堂』にはいかないこと。と言っても、見張りがいるので近づけないでしょうけど」

「そこには何が……？」

藤崎は自らの好奇心を押し殺せず、斐文に尋ねる。

すると、斐文の顔から表情が欠落した。作り物のような顔が更に無機質になり、藤崎はぞっとする。

「それは、今晩わかります」

斐文は短くそう答え、話題を切り替えた。

「この離れから出ないことが望ましいですが、坊ちゃんのような年頃の少年には難しいでしょう。ただし、山道まで行かないようおすすめします。昨日のようになりたくなければね」

斐文の言葉に、藤崎は閃光に打たれたように思い出す。斐文が自分を見つけた時に遭遇した、奇妙な出来事を。

「そうだ、ひだる神……！　俺はたしか、ひだる神に憑かれて……」

ひだる神という憑き物がいるというのは、本を読んで知っていた。しかし、憑き物が実在するとも思っていなかった。

あれは実際にあった出来事なのか、それとも、白昼夢なのか。藤崎にはわからなかった。

「あれは、無断でこの地に入り込む不届き者を行き倒れさせるために置いているんですよ。私が見つけなければ、坊ちゃんは今頃、あの場所で餓死していたでしょう」

「それじゃあ、本物だった……ってことか……。でも、置いてるって……」

「この話はここまでです」

斐文は容赦なく話を切り替える。

「この場所は集落のようになっていて、住民がいます。彼らに遭遇しないことが望ましいですが、万が一、姿を見られて話しかけられた場合は、『文蔵様に招かれた』と答えてください」

「大丈夫なのか？　その文蔵さんには会ってないのに」

「いいんですよ。ここの住民にとって、文蔵様は絶対です。疑うこともしないでしょう」

「そう……なのか」

斐文の物言いがあまりにも断定的で、藤崎の疑念の余地もなかった。

「それでは、私はお勤めがありますので。夕刻、また戻ってきますよ」

「あ、ああ。行ってらっしゃい……」

藤崎が斐文を見送ろうとすると、斐文は目を丸くして藤崎の方を見やった。

「な、なんだよ……」

「いえ、そんなことを言われたのは初めてで、新鮮だという気持ちが外に出てしまったようです。失礼」

全く失礼ではないのに、斐文は自らの感情をかき消すように調子を戻す。

「……行ってらっしゃいって言われたことないって、本当か？　あんたはここに一人でいるみたいだけど、家にいた時に家族に言われただろ？」

斐文は住み込みで働いているのだろうけど、かつては藤崎のように家族と暮らしていたはずだ。

そう思った藤崎であったが、斐文は背中を見せたまま答えなかった。

「それでは、行ってきます」

斐文はひらりと手を振り、ぎこちなさすら漂う挨拶をすると、朝日の中へと消えていった。

斐文がいなくなると、四畳半の室内はしんと静まり返っていた。

藤崎は布団を畳み、押し入れへとしまう。部屋にあるのは文机と座椅子、そして本棚くらいだ。

木製の格子がはめられた窓から零れる朝日が眩しい。部屋の外には短い廊下があり、玄関土間と厠に続いている。

窓からこっそりと外を覗(のぞ)くと、瓦(かわら)屋根の立派な母屋があった。それが、文蔵の屋敷なのだろう。

庭はよく手入れされており、池まである。これが別荘だというのが信じ難い。

それに比べて、離れは生活するのに必要最小限のものがあるだけのように見えた。

窓に嵌(は)められた格子も相俟(あいま)って、囚人のような暮らしをしていると思ってしまった。

「何の本を読んでいたんだ？」

藤崎は、文机の上に置きっ放しの本を見やる。

陽光の下で明らかになった本の様子に、藤崎はぎょっとした。

それは、古びた和綴(わと)じの本であった。藤崎が祠(ほこら)で見た、『ひだる神の話』の装丁にそっくりだ。

タイトルは掠(かす)れてしまってよく読めない。ずいぶんと古い本のようで、熱心に読んだ形跡もあった。

「あの人も本が好きなのかな」

本を読むのが好きな藤崎は、共通の趣味を見つけて斐文に興味が湧く。

思い返してみれば、ずいぶんと不思議な人だ。

常にうっすらと笑みを浮かべているが、何を考えているかよくわからない。大人のくせに、子どもの藤崎に丁寧語を使うことも不思議だ。自らを使用人のようなものと称していたが、妙にへりくだった言い回しはそのせいだろうか。

一方、藤崎はいつの間にかタメ口をきいていたが、斐文は気にした様子もない。藤崎の周りの大人にタメ口をきいたら即座に直すよう言われるので、斐文の反応は新鮮だった。

もっとも、藤崎自身に興味がないからかもしれないが。

斐文の口調は丁寧であるものの、ときおり、ぞんざいさや投げやりさが窺えた。まるで、この世界が終わる前から彼の世界が終わっているかのようだ。

「……変なの」

藤崎はそんな斐文がどんな本を読んでいたのかが気になり、ぱらぱらとページをめくってみた。

中は手書きで、達筆な筆書きであった。藤崎には読めない漢字や難しい言い回しが多かったが、それでも何とか意味を汲もうと必死になって文字を追った。

どうやらそれは、怪談のようであった。

『文車妖妃』という単語を辛うじて拾えた。

文車というのは、昔、書を運ぶために使われた車のことだ。文車妖妃は妖怪の一種で、恋文に込められた想いが怪異となった姿だというのを、藤崎は知っていた。

だが、斐文が読んでいた本の文車妖妃の境遇は違っていた。

書を生み出す人ならざる者で、彼女が紡いだ書からは怪異が生まれるという。

彼女が生み出すのは悲劇を伴った怪異だ。それは彼女の痛みと悲しみから生まれていた。彼女は、人が飢えて死んだという話を聞いたり、大切な人と死別したという話を聞いたりすると、涙で筆を濡らしながら物語を紡ぐ。

まるで、自らの悲しみを吐き出すように。

「なんだか……悲しい物語だな」

それと同時に、温かさも感じた。

その文車妖妃は他人の痛みに共感し、心を寄せることができるのだ。怪異を生み出すことは恐ろしかったが、それが彼女の涙の欠片だと思うと胸が締め付けられるようだ。

藤崎は、あっという間に読み終わってしまった。難解な漢字や表現を飛ばしながらだが、その物語にぐいぐいと引き込まれ、ここが見知らぬ土地の謎の男の住処だということも忘れていた。

藤崎は余韻に浸りつつ、丁寧に本を閉じて文机の上に戻した。

時計はすっかり正午を指している。藤崎は自分のお腹が鳴るのに気づいた。そういえば、朝から何も食べていない。

「ここは集落みたいなものだって言ったな。コンビニで食べ物が売ってるなんてことはないか」

　そもそも、藤崎のなけなしの金は斐文が持って行ってしまった。まあ、百五円で買えるものなどたかが知れているが。

　幸い、荷物は無事だった。

　背負っていたリュックサックの中に携帯食料があったので、水筒の水を飲みながら口の中に詰め込んだ。これで、多少は持つだろう。

　ここで斐文の帰りを待つつもりはない。夕方に合流するのは構わないのだが、その前に、自分の目で『文車の会』の様子を見たかったのだ。

　藤崎はこっそりと扉を開き、人目がないのを確認してから離れを出た。

　母屋の方では、使用人と思しき人々が慌ただしく動いていた。どうしたんだろうと思いながら裏口から敷地の外に出ようとした時に、その理由に気付いた。

　黒塗りの高級車が一台、屋敷に向かってきていた。

　乗っているのは、文蔵である。

「本物だ……！」

　なにせ、テレビに顔を出すほどの有名人だ。藤崎は本物に出会えたことに興奮した。

　だが、物陰に身を隠すことは忘れなかった。斐文に、文蔵に会うなと言われたからだ。

屋敷の車止めで車を止めると、文蔵が使用人の手を借りながら車から降りる。どっしりとした体格の男性で、初老なのも相俟って、醸し出す雰囲気は堂々としたものであった。使用人にはにこやかな笑みを湛えており、人柄の温厚さも伝わってきた。

彼は、人に降りかかる災厄を退ける霊能力者だ。

テレビでも、数々の芸能人が彼に助けられていた。そんな彼に救われた人々が集まり、彼の教えに従うコミュニティが『文車の会』である。

『再生の栞』には彼の神通力が備わっており、何人もの著名人がそれを手に入れたと話題になっていた。噂によると、彼と繫がった政治家も『再生の栞』を手中に収め、常に懐に忍ばせているという。

今ここを出て、当初の予定通り、文蔵に事情を説明しようか。

藤崎の脳裏にそんな考えが過ぎった。

斐文は文蔵に会うなと言ったが、そもそも、斐文自体が信用できるとは限らない。それに、文蔵を迎えるために集まっている使用人の中に、斐文の姿はなかった。斐文は一体、どこにいるというのだろうか。

「……いや」

藤崎は首を横に振る。なぜか、文蔵に頼ろうという気が起きなかった。

息を殺したままその場を去り、誰にも見られることなく敷地を出る。

(どうしたんだろう、俺……)

出がけに斐文が見せた、不意を打たれたような表情が忘れられない。そして、もの言いたげな背中も。

そして、哀しい文車妖妃の物語を静かに読んでいた斐文を、裏切るような真似をしたくなかったのだ。

文蔵の屋敷から出ると、斐文が言うとおり集落になっていた。

周囲は山と森に囲まれ、木造の簡素な家がぽつぽつと建っている。集落のはずれには田畑もあり、自給自足をしているようであった。

当たり前のように、コンビニはない。

焼き付けるような日差しが暑い。舗装されていない道には、真っ黒な影が落ちていた。

蟬がけたたましく鳴いている。真っ青な空に、真っ白な積乱雲が浮かんでいた。藤崎は、麦わら帽子を持って来なかったことを後悔した。

「あら、見慣れない子ね」

集落の様子に気を取られていた藤崎は、年配の女性に見つかった。思わず隠れそうになるが、そんなことをしたら不審がられると思い留(とど)まった。

「文蔵様に招かれたんです」

斐文が教えてくれた呪文を唱えると、女性の表情はパッと輝いた。

「あらあら。こんな若い子が文蔵様にお招きされたなんて。あなたはどんな徳を積んだの？」

「そ、それは……」

「失礼。詮索するのも悪いわね。ここではみんなが同志。文蔵様のお言葉に耳を傾け、文蔵様にお力添えするの」

女性は自らの好奇心を抑えるように、そう言った。

「あなたも、文蔵様に助けられたんですか？」

藤崎は恐る恐る尋ねてみる。すると、女性は目を輝かせた。

「そうなのよ！　原因不明の高熱で、ずっと魘されていてね。どのお医者さんに行っても匙を投げられてしまって、夫と一緒に文蔵様を訪ねたら——この通り！」

女性は健康的に日焼けをしていて、病など無縁そうなほど元気であった。原因不明の病は、文蔵の神通力で治ったのだ。

「夫も私も、文蔵様のお力は本物だと思ったの。だから、ここで修行を積もうと思ったのよ。そうすれば、恐怖の大王が降ってきても生き延びられるかもしれない」

「『再生の栞』は……」

その単語を出した途端、女性は悲しそうに表情を歪めた。

「私たちでは、とても手が出せないわ。夫は私を治すために、車を売ってようやくお金を用意したのよ」

「……人助けにお金が必要なんですね」

「当たり前じゃない！」

藤崎の言葉に、女性は目を見開いて声を荒らげた。

「あなたはまだ幼いからわからないかもしれないけど、何をするのにもお金が必要なのよ。文蔵様も、お力を使われるのに大変な労力をかけてるはずよ。それを無償でお願いしようなんて、虫がよすぎるわ」

女性が言うことはもっともだった。藤崎は、傲慢な失言を恥じた。

「でも、あなたは若いのに文蔵様にお招きされている。きっと、何か見込みがあると思われたのでしょう。修行で一緒になったら、宜しくね」

女性は、愛想よく微笑む。

「ここにいる人は、みんな修行をしに来たんですか？」

「そうよ。修行をしたり、文蔵様のお手伝いをしたりしているの」

「お手伝い？」

「『再生の栞』を作るのよ」

「あれって、文蔵様が作っているんじゃないんですか？」

藤崎の疑問に、女性は首を横に振った。

「私たちが作って、文蔵様が神通力を込めるの。神通力を込める前はただの紙切れね」

「へぇ……」

どこで作っているのかという疑問が湧いてくる。だが、尋ねるよりも早く、斐文の言葉を思い出した。

「もしかして、屋敷の裏にある『お堂』ってところで作っているとか……」

斐文が足を踏み入れるなと言った場所だ。藤崎は自然と、屋敷の裏を指す。

その瞬間の出来事だった。

「ダメ！」

金切り声とともに、女性の平手が藤崎の手を打ち据える。小気味が良いほどの音が夏空に響き、藤崎は痛みよりもその音に驚いた。

「あ、ああ、ごめんなさい……。まさか、そんな怖いところを指さすなんて思わなかったから……」

「怖い……ところ……？」

女性の顔はすっかり青ざめていた。周囲に人がいないか見回した後、声を潜めて藤崎に言った。

「お堂は、誰も足を踏み入れちゃいけないの。禁足地よ。あそこに入った人間は、誰一人として帰ってこないわ……」

「そんな……」

そんなに恐ろしいものだとは思わなかった。

斐文の口ぶりからは、畏怖や恐怖は伝わってこなかったからだ。

「『再生の栞』を作っているのは集会所よ……。私たちが集まる、なんてことのない場所。でも……そうね、あなたは来ない方がいいわ。だって……恐ろしい場所の名前を口にしたんだもの」

女性は急にそわそわし始め、藤崎と距離を置くように後ずさりをする。まるで、穢れたものを避けるように。

「あの……」

「それじゃあ、警告したからね。あと、私とここで会ったことは決して誰にも言わないでね……!」

女性はそう言うと、藤崎の言葉を待つことなくそそくさと立ち去ってしまった。

「ちょっと……!」

藤崎は女性を追おうとしたが、視線を感じて振り返る。

ぴしゃり、と窓を閉める音がした。近くの民家からだ。窓から様子を見られていたのだろう。

「なんだ……ここは……」

視線を感じる。

集落の家々の、わずかに開いた窓の中から。集落の人々が新参者である自分のことを監視している。

その視線は、好奇心というよりも恐れだ。禁足地を指さすという罰当たり者に対する怒りすら感じる。

居心地が悪くなった藤崎は、人々の視線から逃れるようにその場を離れた。

藤崎は、夕方になる前に離れへと戻った。

日が傾き、影が引き延ばされる頃には斐文が戻る。彼は訳知り顔でこう言った。

「探検はしたけど、言いつけは守ったってことですか。いい子ですね」

「ど、どうしてそれを」

「靴に集落の土がついてますからね。そして、騒ぎになっちゃいない」

斐文はそう言って、藤崎に握り飯を差し出した。

「これは？」

「晩飯ですよ。腹が減ってるでしょう？」

素っ気ない斐文に反して、お皿にちょこんと載せられた握り飯はほのかに湯気が立っており、ふっくらとした米がいかにも美味しそうであった。

藤崎のお腹の虫が鳴る。それを聞いた斐文は、愉快そうに口角を吊り上げた。

「あ、ありがとう」

藤崎は恥じ入りながらも握り飯を受け取り、「いただきます」と断るや否や握り飯を貪り食った。

「いい食べっぷりで。すみませんね、食事の用意ができなくて」

「いや……別に。俺は客人でもなんでもないし……」

ただの不法侵入者だ。それなのに、斐文は自分のことを庇ってくれて、『再生の栞』をくれるという。

「お坊ちゃんが必要だからですよ。これから、私を手伝って欲しいんです」

斐文の切れ長の瞳が藤崎を見つめる。

一体、何を手伝わされるのか。

藤崎が握り飯を呑み込んだその時、斐文はハッと顔を上げて藤崎の身体を押した。

「隠れなさい。押し入れの中へ」

斐文は小声でそう言うと、何事もなかったかのように文机に向かった。藤崎はわけがわからなかったが、斐文の言葉に従う。

ほどなくして、のしのしという横柄な足音がやってきた。足音の主は遠慮なく離れの扉を開き、我が物顔で斐文の部屋の襖を開いた。

（文蔵重遠……！）

現れたのは、文蔵であった。

テレビに出て芸能人を救って、政治家と繋がりがあり、集落の人々から崇められている人物だ。そして、藤崎が欲する『再生の栞』に霊力を込め、斐文に会うなと言われた人物である。

朝に遠目で見た文蔵は穏やかな初老の男性であったが、斐文の部屋に上がり込んだ文蔵の様子はすっかり違っていた。

顔は欲で歪み、目がぎらつき、指先はぎとぎとに脂ぎっているようにも見えた。

「斐文」

文蔵の威圧的な声に、藤崎は押し入れの中で震えた。

しかし、当の斐文はしれっとした顔で振り向く。

「なにか」

「今朝、儂を迎えなかったのはなぜだ」

やはり、斐文は文蔵の使用人だった。あそこにいなかったのは、不自然なことだったのだ。

藤崎が納得する中、斐文は顔色一つ変えずに答えた。

「お堂にいたんですよ」

禁足地の名だ。藤崎はさらりと出てきたその単語に驚くものの、文蔵は動揺の欠片(かけら)も見せなかった。

「それは知っている。警備の者から聞いた」

「では、なぜお尋ねになるんです？」

「なぜ、儂よりもあの女を優先したかを尋ねたのだ」

あの女？

藤崎は首を傾げる。あの女とは何者か。

文蔵が怒っているのは明らかであった。煮えたぎるような怒りがその場の空気を震わせ、今にも破裂しそうだ。

藤崎は、そのひりついた空気に包まれて冷や汗が噴き出しそうだった。

だが、斐文は平然としていた。

「お堂のお世話を頼まれたのは私だけです。文蔵様にとって使用人は他にもいるでしょう。優先すべきはどちらか、少しお考えになったらわかるのでは」

それどころか、挑発的な薄笑いを浮かべて皮肉を飛ばした。

次の瞬間、カッとなった文蔵の手が斐文の顎を引っ掴む。それでも、斐文は微動だにしない。

「お前は、本当にあの女が好きだな……！　出来損ないのお前と、壊れかけのあの女、実にお似合いだ！」

「そりゃどうも」

斐文は口でこそ受け流すものの、目は笑っていなかった。その場の空気が更に緊張し、藤崎は先ほどの握り飯を戻しそうになった。

「ふん、まあいい」

先に引いたのは、文蔵の方であった。

「あの女には、もうしばらく働いてもらわねばならん。それまで持たせておくのもお前の役目だ」

文蔵はそう言って、斐文から手を放す。斐文は文蔵の言葉に答えなかったが、文蔵は斐文の頭からつま先までを値踏みするように眺めると、一人満足そうに頷いた。

「次はあの女の世話を中断して、儂を迎えるように。多少放置したからと言って死ぬわけでもあるまい。あの女はなかなか頑丈だからな」

文蔵は鼻で嗤いながら、部屋を出て襖を閉める。足音が完全に遠くなったのを見計らって、斐文は露骨に顔を嫌悪で歪めた。

「クソ汚らわしい」

唾でも吐き捨てるような勢いでそう言うと、文蔵に触れられた頬を拭う。

それから大股で押し入れまでやってくると、遠慮なく襖を開いた。

「あ……、その……」

藤崎は気まずい気持ちで目をそらすが、斐文は気にした様子はなかった。

「すいませんね。みっともないところを見せてしまって」

「いや、別に……。なんか……文蔵さんはテレビで見たのと印象が違ってたな」

「そういうもんです。メディアは切り取ったものしか出さない。いや、文蔵が切り取らせているんですけどね」

斐文は顎で外を指す。藤崎は頷き、外へ向かう斐文に続いた。

玄関に置いたはずの藤崎の靴は、斐文が隠していた。そのお陰で、文蔵に悟られずに済んだのだ。

斐文は藤崎を引き連れて、こっそりと離れを後にする。正面の門にある集落方面ではなく、裏手の方へと。

立派な母屋は煌々と明かりがついており、宴会でもしているかのような賑やかな声が聞こえた。その中に文蔵の声もあり、誰かを招いてもてなしているのだろう。もしかしたら政治家かもしれない、と藤崎は思った。

集落の方は、頼りない明かりがぽつぽつとあるだけだ。街灯もないし、道も整備されていない。

文蔵の屋敷とは雲泥の差である。

屋敷を後にし、二人は竹林の獣道を歩く。もはや人に見つかる心配がないのか、斐文は姿勢を正して先へと進んだ。

藤崎は斐文の背中を追いながら、彼に何か声をかけたいと思っていた。

気になることはたくさんある。文蔵との関係、会話の内容など。しかしどれを聞いても、斐文ははぐらかしてしまうだろうという確信もあった。

散々悩んだ結果、藤崎の口から出たのはこの話題だった。

「斐文がいない時、机の上にある本を読んだんだ」

「へぇ」

斐文の感心するような声が返ってきた。背を向けているので表情は見えないが、気まずい雰囲気は感じず、藤崎はひとまず安心した。

「難しい漢字も多いし、わからない部分も多かったけど」

「そりゃそうでしょうね。読もうとしたのが大したもんだ」

「なんとなく、話の雰囲気はわかった。物悲しくて、胸がぎゅっとなって……。でも、なぜか居心地がよくて、不思議な話だった」

藤崎の話を聞いた瞬間、斐文の足が止まった。

機嫌を損ねてしまっただろうか。藤崎の中に緊張が走るが、振り返った斐文の顔を見て驚いた。

「その本が気に入ったって言うんなら、きっと書き手は喜びますよ」

至福に満ちたあまりにも優しい微笑みを浮かべていた。温かい愛情を感じ、藤崎はその表情を美しいと思った。

「あの本は……誰が書いたんだ？」

「文車妖妃です」

「本に登場した、妖怪(ようかい)の……」

妖怪、と言った途端、斐文の双眸(そうぼう)に悲しげな色が浮かぶ。

だが、彼はひとたび双眸を閉ざすと、次の瞬間、いつもの底知れぬ微笑の男に戻っていた。

「人間は、自らの理解が及ばぬものを妖怪と呼ぶことがあります。今はテレビでもてはやされている超能力者や霊能力者も、昔は鬼だ妖怪だと言われたこともあったでしょう」

「文蔵さんも……？」

「ま、異能が本物なら——ね」

斐文は含みがある表情でそう返すと、再び歩き出した。

「あの本は文車妖妃が自らの境遇を、創作を交えて書いたものです」

斐文は、そう前置きをして続けた。

「彼女は異能を持つ家系に生まれ、怪異の物語を書けばそれを実在のものとすることができた。しかし、怪異で人を惑わすのは本意ではなく、書いた本は表に出さず、山中にある家でひっそりと創作活動に励んでいたそうです」

「自分の異能が危険だと思っていたら、創作活動そのものをしなければいいんじゃないのか？」

藤崎が素朴な疑問を投げると、斐文はくすりと笑った。

「そういうわけにはいかないというのが、創作者の性だ。彼女は感受性が豊かで、何かに心を動かされれば創作意欲が湧いてしまい、書かずにはいられなくなったんですよ」

「それはすごいな……」

「すごいんですよ」

斐文の口調は、どこか誇らしげだった。

だが、すぐにその調子は暗くなり、空気もまた重々しくなった。

「しかし、思うままに物語を綴り、誰にも読まれぬ物語とともにひっそりと朽ちていくことを望んでいた彼女に、転機が訪れた。山中で道に迷っていた旅人を救った時、旅人が彼女の秘密を知ってしまったんです」

「その内容は、本に書かれていなかった気がする……」

「ええ。あれは、誰にも見つからずに、自らが生み出した怪異を慈しんでいた時の彼女の話。その後の話は、これからです」

「これから？」

竹林がどんどん深くなり、道も険しくなっていく。

藤崎は思い出す。

確か、屋敷の裏は禁足地ではなかったか。

斐文が行くのを禁じ、集落の人が恐れていた場所だったはずだ。

「斐文、こっちは……」

斐文は振り返らず、歩くペースを少しずつ上げながら答えた。

「お堂ですよ。そこに、彼女がいる」

「彼女って、まさか……」

今の話が繋(つな)がるとしたら、お堂にいるのは――。

「ほら、ここだ」

急に竹林が開けた。

明かりが二つ、木の扉の左右で揺れている。

目の前にあるのは、木造のお堂だ。

入り口には、見張りと思しき厳つい男が二人いる。恐ろしいことに、両方とも猟銃を持っていた。彼らの目から逃れるように、斐文は近くの茂みに身を潜めた。

「彼女はこのお堂の中に囚われている。私は彼女を解放したい」

「ここに、文車妖妃が……」

斐文は懐を探ると、藤崎に何かを握らせた。それは、錆びついた鍵であった。

「こいつを持ち出してきました。彼女の座敷牢の鍵です。私は警備員を引き付けますから、その隙にお堂に忍び込み、彼女を解放してください」

警備員は休憩のため、一人になるタイミングがあるという。斐文は彼らに警戒されているので、逆にそれを利用して彼らと接触を図って注意を引き、藤崎に重要な役割を任せるという流れであった。

できるのか？

藤崎は自らに問う。

いくら斐文が警備員を引き付けると言っても、彼らは猟銃を持っている。それに、どうして文車妖妃がお堂に閉じ込められているのか。禁足地であるお堂に入っていいのだろうか。

迷う藤崎に、斐文は更に何かを差し出した。

「これを半分差し上げましょう」

『再生の栞』であった。藤崎が欲しいといった枚数の半数がきっちりと握られている。

「これ……いいのか？」

「成功したら、残り半分を差し上げます」

『再生の栞』はテレビで見たことがある。和紙で作られた栞で、文蔵が神通力を込めたものには彼のサインが入っているという。藤崎が栞を確認すると、どれにも彼のサインは入っていた。

「……わかった」

藤崎は『再生の栞』をリュックサックの中に丁寧にしまい、頷いた。

それから二人は、警備員が一人になるのを待った。

夜の涼やかな風に竹が揺れ、葉擦れの音と虫の声だけが響いていた。

藤崎は斐文に聞きたいことがたくさんあった。しかし、斐文の真剣な横顔は、どの質問も拒否しているようにも見えた。

文車妖妃を解放したらどうするのか。その後のことも聞いてみたかったが、口にする勇気はなかった。

辛うじて口から飛び出したのは、こんな言葉だった。

「もし、文車妖妃が解放されたら」

「はい」

「もっと、彼女の本を人に読ませてもいいと思う」

「……手にした者に怪異が現れるのに？」

「それは怖いけど」

けど、という否定の言葉は自然と漏れた。

「せっかく書いた物語が人に読まれないのはもったいないと思う。俺は……全部読めたわけじゃないけど、すごくいいと思ったし。怪異が出てもいいっていう人に読ませるならば……」

「……それは、前向きに検討しておきましょう」

斐文は静かにそう答えた。それから、話は終わりと言わんばかりに、口を閉ざす。

沈黙が続いた。

そうしているうちに、警備員の一人が持ち場を離れた。

「頼みましたよ」

斐文は藤崎の方を一瞥(いちべつ)もせずに茂みから出て、残った警備員に声をかける。警備員は身構えるものの、斐文はあの手この手で警備員の注意をそらし、藤崎がお堂に近づきやすいように誘導した。

せめて、斐文ともう一言交わしたかった。

後ろ髪を引かれる想いで、藤崎は茂みから出てお堂へと向かう。別れる瞬間の斐文の背中は、死地に赴く者のようだったから。

もう二度と会えないのではないだろうかと不安になる。『再生の栞』をもらえない可能性よりも、彼と言葉を交わせない可能性の方が藤崎に重くのしかかった。

それでも、自らの役割を果たさなくてはなるまい。

藤崎は意を決してお堂の扉を開き、身軽な身体をするりと中に滑らせた。

お堂の扉を閉めると、しんと静まり返った。斐文と警備員の会話も聞こえないほどだ。

お堂の奥には、地下への階段が続いていた。きっとその先で、文車妖妃が閉じ込められているのだ。

空気が重い。足に絡みつき、身体にのしかかり、呼吸をするのも一苦労だ。

斐文が持っていた文車妖妃の本からは、物悲しさがありながらも温かさを感じていた。

それなのに、どうしてだろう。

地下から漏れ出すのは、ひどくおどろおどろしい空気だ。全身が総毛立ち、身体のあらゆる細胞が階段を下りることを拒絶している。

手のひらに汗が滲み、足の裏も汗だくだ。しかし、汗まみれの手の中には斐文から託された鍵がある。

行かなくては。

藤崎の決意は、彼を一歩前進させた。

斐文のことを裏切るわけにはいかない。

彼は胡散臭いし底知れないし、文蔵との関係もよくわからないが、文車妖妃に対する真っ直ぐな感情だけは藤崎にもわかった。

文車妖妃を慕い、彼女を助けたいという気持ちは本物だ。藤崎はその気持ちに応えたいと思った。

一段、また一段と下ってゆく。

空気の重さが増し、言い知れぬ悪寒が藤崎の中を駆け巡る。

まるで地獄へ続く道だ。その先にあるものが、まともなものだとは思えない。

それでも、藤崎の足は止まらなかった。石の階段を慎重に下りながら、文車妖妃のことを考えていた。

彼女の書いた本の怪異は、実在のものとなるという。

藤崎はこの集落に入る前に、似たような本を目撃していた。

それは、『ひだる神の話』だ。

祠に置いてあったあの本は、文車妖妃が書いたものではないだろうか。怪異を利用して、集落に不法侵入する人間を飢え死にさせていたと考えると、斐文がぼやいた話も合点がいく。

囚われた文車妖妃は、その異能を利用されているのだ。

一体誰に？

斐文は文車妖妃を解放したがっていた。その斐文と敵対し、警備員を配置し、集落の人々を寄せ付けないようにさせているのは誰か。

「まさか……」

斐文の前で傲慢な顔を見せた文蔵のことが過ぎる。

だが、文蔵はすさまじい神通力を持っているはずだ。文車妖妃を利用する必要などあるのだろうか。

しかし、その前提が間違っているとしたら？

斐文が言うように、神通力ですら文蔵がメディア向けにつくりあげたものだとしたら――。

コツン、と靴が石床に当たった。階段は終わったのだ。

ぬるりとした空気が藤崎の顔に触れる。悪寒が背中を駆け上がり、脳天の先まで震えあがった。

そこは、湿気が籠った石造りの地下室であった。

裸電球の頼りない光が辺りをひっそりと照らしている。目の前の光景に、藤崎は息を呑んだ。

「これが、文車妖妃……」

ぞろりと床にわだかまる、夜色の黒髪。それは座敷牢の格子のすき間から触手のように溢れ出し、地下を満たしていた。

座敷牢の中に蠢くのは、異形であった。

女ものの着物を羽織り、辛うじて人の形をしているものの、腕は木乃伊のようにやせ細り、それでも尚、筆を執って紙に文字を書き連ねている。

後ろ姿のせいで顔はよく見えない。だが、恐ろしい形相をしていることは容易に悟れた。

無造作に置かれた紙はあちらこちらに散らばっている。藤崎が足元に落ちている紙に視線を落とすと、そこには凄まじい文字で恨みつらみが書き連ねられていた。

文章からにじみ出る怨嗟に、藤崎はぞっとした。

そして、直感的に悟った。

藤崎が読んだ物語を綴った文車妖妃は、もういないのだと。

「どうして……」

どうしてこんなことになっているのか。どうしてこんなところに閉じ込められたのか。

鍵を持つ手が震える。

座敷牢の錠前は、目の前にあった。文車妖妃の髪に埋もれるようにして、鍵穴を藤崎の方に向けていた。

果たしてこれを、解き放っていいのだろうか。

座敷牢の中には、自分の周りとは比べ物にならないほど重々しく、湿度が高く、恨みがましくて攻撃的な瘴気が渦巻いている。鍵を開けて文車妖妃とともに解き放ったら、何が起こるかわかったものではない。

それは、彼女を解放する藤崎も他人事ではない。解放と同時に瘴気の塊を浴びたら、無事では済まないだろうと感じていた。

それでも、藤崎は勇気を奮い起こす。

自分は斐文と約束をしたではないか。斐文にとって、この異形は大切なものなのだ。その気持ちを裏切るわけにはいかない。

心臓が跳ねるように高鳴る。藤崎はとめどなく汗を流しながらも、鍵穴に鍵を差し込もうとした。

その時である。背後から乱暴な足音が聞こえたのは。

「貴様！　何をしている！」

「まずい……！」

警備員だ。斐文が引き付けていたはずの警備員が下りてきたのだ。

「妙だと思ったら、ガキが侵入していたとは……。これは何人たりとも見られちゃならないものでね。悪いな、坊主」

警備員は猟銃を構え、藤崎に銃口を向ける。隠れられる場所はない。

藤崎が死を悟った瞬間、ドンという鈍い音がした。

警備員からだ。正確には、警備員の頭から。

「な……なんで……」

警備員の眼球がぐるりとひっくり返って、ずるりとその場に倒れ込む。その頭は柘榴のようにぱっくりと割れて、血飛沫が石床を染めた。

血のにおいが充満する。倒れた男の背後から現れたのは、斐文だった。

「ひふ……」

名前を呼ぼうとした藤崎は、言葉に詰まる。

斐文の手には薪割用の手斧が携えられていて、彼は返り血に染まっていた。

「作戦変更です」

斐文は手斧を放り投げ、頭をかち割った警備員を一瞥もせず、藤崎に歩み寄る。

彼が見ているのは藤崎が手にした鍵だ。

「す、すまない。開けるのが遅くて……」

「いいんです。坊ちゃんはもう、開けなくていい」

斐文は藤崎の手から、むんずと鍵をもぎ取った。

「どうして」

「開けたら瘴気を浴びて死ぬ。呪い殺されるという表現が相応(ふさわ)しいでしょう」

斐文はさらりと言った。

「でも、斐文は……」

「そう。私は坊ちゃんを捨て駒にしようとした。文蔵の思想に染まっておらず、文蔵の知らない部外者は、協力者として都合が良かったんです」

「……そうか」

うつむくだけの藤崎に、斐文は意外そうな顔をした。

「おや、驚きませんか。罵(ののし)られるかと思ったのに」

「なんとなく、そうだと思ったから……。死ぬとは思わなかったけど……」

「それなのに、牢(ろう)を開けようとしたんです？」

「それは……、斐文がこの人を助けたがっていたから」

「……へぇ」

斐文は目を細めると、自らの懐を探る。彼が手にしたのは、残りの『再生の栞』だ。
「こいつが欲しいのかと思いました」
「いや……。きっとそれ……何の効果もないんだろう。文蔵さんはなんか変だ……。
神通力があったのはむしろ……」
文蔵に対する違和感。そして、目の前の圧倒的な存在感。
認めたくない。しかし、認めざるを得ない。
文蔵は文車妖妃を閉じ込めて、その異能を意のままに操っていた。怪異が現れると
いう本を利用し、神通力があるかのように振る舞っていた。彼に助けられたという人
も、文車妖妃が生み出す怪異が何らかの働きかけをしたに違いない。
「お見事」
斐文は『再生の栞』を投げ捨てて、藤崎に拍手を送る。
「坊ちゃんは思った以上に聡明だ。そして、勇気があって義理堅い。だから、こんな
ところで終わっちゃいけません」
「あんたは、自分の命と引き換えに文車妖妃を解放するつもりなのか……？」
作戦変更。斐文が鍵を持つ。それはつまり、藤崎の役割を斐文が行うということだ。
「ええ。いつも世話をする時のように、警備員に猟銃を突きつけられているという状
況でもなくなりました。この役目は、ずっと私がしたかったことですから」

斐文の顔は、やけに晴れ晴れとしていた。瘴気の塊にして異形の者がそこにいて、本人は返り血を浴びているというのに、場違いなほど穏やかであった。

「お別れついでに話の続きをひとつ」

「お別れなんて言うな……！」

「救われた旅人は文車妖妃を見初めたんですよ。ただし、彼女自身ではなく彼女の異能をね」

斐文は藤崎の言葉など気にせず、話を続けた。

「旅人は――その男は、彼女の異能が欲しいと思った。だから、彼女を強引に手に入れた。更に、異能者を増やそうと彼女に子を産ませたんです」

「そんな……」

藤崎は、怨嗟の一因を知る。

「ところが、その子どもは彼女の異能をそのまま受け継ぐことはなかった。怪異の話を聞き、編纂（へんさん）して、稚拙な本を作ることしかできなかった。つまり、自ら物語を生み出すことはできなかったんです」

斐文は自嘲（じちょう）的な笑みを浮かべながら、鍵穴に鍵を差し込んだ。周囲の空気がざわめき、わだかまっていた髪がざわりと動いたような気がした。

「男は文車妖妃を牢に入れ、怪異が現れる物語を書き続けさせた。しかし、彼女の怨嗟は日に日に増して、筆が荒れてまともに物語を紡げなくなった。そこで、成長した彼女の子どもが原稿の断片から本を作り続けていたわけです」

男とは、文蔵のことだろう。

「……まさか、その子どもって」

「そう。私ですよ」

斐文は、鍵を回す。錆びついていたとは思えないほど簡単に、カチャリと鍵が開いた。

「文車妖妃は私のおっかさんです。日を重ねるごとに自分がわからなくなっていって、異形と化していくおっかさんを見るのは苦しかった。己の無力さに苛立つ日々でした。しかし、それも今日でお終いです」

「斐文、やめろ！」

錠前を外そうとした斐文に、藤崎が飛び掛かる。しかし、斐文は藤崎を突き飛ばした。

「逃げなさい、この集落から。そして、この集落のことを忘れなさい」

「でも……」

「忘れなさい、俊一君。私のことも、何もかも。……その代わり私は、君のことを忘れません。おっかさんの物語に共感してくれた君のことをね」

斐文の表情が穏やかな理由がわかった。

彼は長年、母親を助けたくて苦しんでいた。その念願が叶う安心感も、勿論あるのだろう。

それと同時に、彼は嬉しかったのだ。藤崎が母親の物語を読み、心を寄せたことを。

それが藤崎を犠牲にしたくないという気持ちに繋がったのかもしれない。

そう悟った藤崎だが、斐文を失いたくなかった。

彼の背景を知り、想いを通わせて、ようやく友だちになれたような気がしたから。

「斐文……」

手を伸ばすが、彼には届かない。

斐文は無慈悲にも錠前を外し、座敷牢の扉を開いた。

地下の空気が動く。何か大きなものが牢の奥へと引いたかと思った刹那、瘴気がどっと溢れ出した。

黒く蠢く、髪、髪、髪。そして散らばる、怨念を綴った紙、紙、紙。

渦巻く瘴気の奥から、蒼白の顔が飛び出した。双眸は闇一色、骸骨のように痩せこけた異様な頭部が座敷牢の外に――斐文に向かって飛んでいく。

斐文は避けもせず、全てを受け入れるように両手を広げて待っていた。

怒濤の勢いで濁流のごとく押し寄せる瘴気はあっという間に彼を包み込み、藤崎の意識はそこで途絶えた。


文蔵斐文。彼は己の出自を呪っていた。

内気で虚弱な母を強引に我が物にした父親を蛇蝎のごとく嫌い、自らの半分にその血が流れていることを嫌悪していた。唯一の救いは、自分の外見が父親とは全く似ることなく、母親似であったことくらいか。

文蔵に従順なふりをして母親を助けようとするものの、監視の目は厳しかった。息子である斐文を慈しみ、気遣ってくれた母親も、年月が経つにつれて様子がおかしくなり、やがて、自分の子どものことすらわからなくなってしまった。

斐文は既に、自らの命などどうでも良かった。自らの命と引き換えに母親を解放できるのなら、悔いの一つも残らなかった。

畏れるべきは、自分が無駄死にすることだった。自分が母を助けられずに死んでしまったら、母を助けられる人間がいなくなる。

機会は一回しかない。慎重にしなくては。

虎視眈々と機会を狙っていたある日、部外者の少年が現れた。彼は年の割には聡明で実直で、実に扱いやすいと思った。

どうせ怪異に襲われて落とす命だったのだから、拾った自分が使ってもいいだろうと思っていた。

しかし、それは誤りだった。彼は思っていた以上に真っ直ぐで、母の物語に心を寄せてくれた。自分の策略に巻き込んではいけないと斐文は思い直し、彼を失う前に突き放した。

そして、今に至る。

座敷牢の中の母を解放するということは、長年、蓄積された瘴気を解き放つということだ。

母は既に、人ならざる者になっていた。解放する危険性も知っていた。

それでも解放してやりたかった。集落がどうなろうと、自分がどうなろうとどうでもいい。彼女が外に出たがっていたのだから。

瘴気が身を焼き、内臓がひっくり返るほどの不快感に襲われ、魂が削られるような苦痛を感じていたが、斐文は安らかであった。

自分は母とたった二人であった。その母の手にかかって息絶えるのならば、全く構わない。

しばらく時間が経った。ひどく静かだった。

斐文はもう、自分が死んだものだと思っていた。三途（さんず）の川のほとりにでもいると思って目を開けた。

だが、斐文がいたのは座敷牢の前であった。

座敷牢の中には何もいない。古びた文机（ふづくえ）とボロボロの筆があるだけだった。

「どうして……？」

ふわり、と何かが肩に落ちてきた。それは、母が肩にかけていた着物であった。ひどく懐かしい香りと温（ぬく）もりに包まれ、斐文の張り詰めていたものが一気に解きほぐされる。

涙が頬を伝い、膝（ひざ）や床を濡（ぬ）らした。床に散らばっていた髪はもう見当たらない。紙は、束になって手の中にあった。

それと同時に、斐文は自らの身体が異様に冷えているのを自覚した。体温らしきものが欠落している。しかし、自分は形を保っていて、意識もはっきりしている。

その代わりに、不思議な鼓動を感じた。胸からではない。魂の奥底からだ。

それはじっとりと湿っていて、重苦しくて、それでも、斐文にとって懐かしいものだった。

「そうか……。おっかさんは、ここにいるんですね」

斐文がそう呟くと、確信へ導くように鼓動は燃え上がるような衝動になった。

身を焦がすのは暗い炎。もはや、怨嗟を綴るだけではない。実行に移さなくてはいけない。

斐文は確信していた。

人間としての自分は、文車妖妃の瘴気に当てられて死んだのだ。

ここにいるのは文蔵斐文ではない。文車妖妃を受け継ぐ者だ。自らの器で瘴気を受け止めた結果、人ならざる者となった母と一つになったに違いない。こうして、以前と変わらぬ自意識を保っているのは、遺伝的な親和性からか、それとも母の慈悲によるものか。

真意はわからない。わかっているのは、自らもまた人ならざる者になったということだ。

そして、清算すべきものがあるという事実。

「その役目、引き受けました。落とし前はきっちりとつけさせますよ」

斐文は母の着物を羽織り、紙の束を整えて足を踏み出す。

座敷牢の脇には、まだ幼い友人が意識を失っていた。彼が無事なのを確認すると、斐文は安堵の息を吐く。

「俊一君、君は真っ当な道を歩みなさい。君のような人間ならば、世界の終わりとやらから家族も守れるでしょうしね」

斐文は藤崎を丁寧に抱え、階段を上がってお堂から出る。

そこで、もう一人の警備員と鉢合わせた。

「お前！　何をやってたんだ！」

警備員は問答無用で斐文に銃口を向ける。そんな彼に対して、斐文は紙の束を振るった。

「五月蠅いですよ」

斐文の背後から、ぬっと何かが現れる。

それは、般若のごとき形相の鬼女であった。二本の角を生やした鬼女は、鋭い牙を剝き出しにして警備員の頭にかぶりつく。

「ぎゃあああっ！」

ボリボリゴリゴリという暴力的な音が深夜の竹林に響く。

文車妖妃の遺した怨嗟の紙束をひと振りすれば、次から次へと女の怪異が現れる。

それは列を成し、さながら百鬼夜行のようであった。

「君はここでお待ちなさい」

藤崎をお堂の陰に寝かせてやってから、斐文は書から生まれた妖怪どもとともにお堂を後にする。

　目指す先は、文蔵がいる屋敷だ。

　文蔵は異能を使って有名になり、金を集めて政治を裏から操ろうと企んでいた。人を集めて軍隊を作り、終末に向けて混沌とする世界を牛耳ろうとしていた。

　その日も、大物の政治家をもてなしたところであった。

　政治家を見送り、自らの野望を胸に床につこうとしたその時、屋敷に火の手が上がった。

「なんだ！　何があった！」

　文蔵は寝室から飛び出し、廊下で声をあげる。

　だが、誰も現れない。

　いや、人影がたった一つ現れた。

「斐文……」

「どうも、文蔵様。お暇を頂きに参りました。取り戻したかったものを取り戻したのでね」

　斐文は嗤っていた。燃え盛る炎を背に。

「まさか、お前が火をつけたのか……」

「まさか」

斐文は手にした紙束で、屋敷の周辺をぐるりとなぞる。見えないものの輪郭をなぞることで、文蔵もまた認知できなかった存在を認識した。

巨大な蛇が、屋敷をぐるりと取り囲んでいた。

いや、蛇というのは生易しい。竜のごとき異形である。それが屋敷を囲っているせいで、柱がミシミシと軋むのだ。

「お前……あいつを解放したのか……？　あの化け物を！」

「化け物とは、何をもって化け物と言うんでしょうね。見た目でしょうか、能力でしょうか。それとも、所業でしょうか」

勿体ぶるように斐文は言った。

家全体がぎしぎしと軋む。焼け落ちるのが早いか、潰れるのが早いか。

文蔵は斐文に縋りつきながら嘆く。

「や、やめてくれ！　仕方がないじゃないか！　お前の母親のような化け物を野放しにしていたら、どうなるかわかったもんじゃない。だから、俺が管理して役立ててやったんだ！」

「そうですか」

最早、斐文は笑っていなかった。冷ややかに文蔵を見下ろしていた。

「正しき心があれば能力は正しく使える。美しき魂があれば外見など関係ない。しかし、人の道を外れた所業――それこそが化け物だと私は思うんですよ。ねぇ？」

「頼む……命だけは……」

斐文は文蔵をさっさと見放すと、声高にこう言った。

「さて。この屋敷を取り囲むは文車妖妃が綴った『道成寺の清姫』だ。勝つのは強欲ものの屋敷か、それとも女の執念か！」

斐文の口上に合わせるかのように、屋敷を取り囲む竜――清姫が屋敷を更に締め付ける。傾いた屋根の瓦はガラガラと崩れ落ち、畳はみしみしとせり上がり、炎は間近まで差し迫った。

文蔵は悲鳴をあげるものの、屋敷が崩れ落ちる轟音にかき消される。大物霊能者の最期の言葉は、誰の耳にも届かなかった。

「まあ、私も大概に性格が悪い。そういう意味では、立派な化け物ですね」

斐文はその言葉を最後に、崩れ往く屋敷から闇の中へと立ち去った。

山の麓では消防車のサイレン音が響いていた。

山の一部が燃え上がっているのを見た麓の住民が、通報したためだった。

その山道の入り口に、藤崎は寝かされていた。ご丁寧に、彼のリュックサックを枕にして。

「さて、私の役目も終わっちまいましたね」

藤崎が通りすがりの消防隊員に保護されるのを木の上から眺めながら、斐文はぽつりと呟いた。

手にした紙の束の文字は、不思議と薄くなっていた。込められた瘴気もすっかり消え、まっさらな白紙に近い。

「おっかさんも気が済みましたか。あなたの願いが成就して、私も気が晴れましたよ」

涼しい夜風が斐文の手の中にある紙の束を撫でる。文字は解けるように消えて行って、斐文は紙を手放した。

束だった紙は、バラバラになって飛んでいく。どこまでも遠く、当てもなく。

東の空がうっすらと明るい。

もうすぐ夜が明ける。ヒグラシの美しい鳴き声が響いていた。

「……坊ちゃんに言われたこと、やってみてもいいかもしれませんね。おっかさんの本を誰かに読んでもらう。そんなこと、考えもしませんでした」

紙の束とは別に、母の本は回収していた。藤崎が読んだ本も一緒だ。

この世ならざる者は、人々の認知の中に存在する。母が怪異の話を綴るのは、彼らを本の中で生かし続けたいという想いもあったからなのではないかと思う。斐文もまた人の道を外れて怪異の仲間入りをしてしまったので、誰かに知られているということの安心を実感していた。

「私も……本を作りますか。他人の話を本にすることしかできませんが」

そうすることで、自分以外の怪異もまた存在し続けられる。文車妖妃に様々な想いがあったように、彼らにもまた何らかの想いがあるだろう。彼らを生かすことで、いずれその想いが成就するかもしれないと思うと、意味があることだと感じた。

消防隊員に呼びかけられ、藤崎がうめき声をあげながら目を開ける。

斐文はそれを見計らったかのように、夏の夜の闇へと消えたのであった。

その後、藤崎は両親に無断外泊をこっぴどく叱られた。

だが、藤崎はなぜその場所にいたのか覚えていなかった。

大火事があった集落からは文蔵の遺体が発見され、他にも死者が二名発見された。他の住民はなんとか避難し、軽傷者が数人いた程度だった。

ショッキングな事件であったものの、皆が恐れていた一九九九年は何事もなく終わった。世間はいつの間にか、文蔵のことも『再生の栞（しおり）』のことも忘れていた。

それから年月が経ち、藤崎は立派な大人になった。紆余曲折あってオカルトライターとなり、今に至る。

「うう……」

藤崎は身震いをして目を覚ました。

背中が痛い。自分はいつの間にか、家の近くにある公園のベンチの上で寝ていた。

ヒグラシの鳴き声は、もう聞こえない。その代わりに、学校から帰宅する子どもたちの声が遠くから聞こえてきた。

「いつの間にか……寝ていたのか？」

意識が遠くなってからの記憶がない。

身体を起こしてみると、自分の上着が掛け布団のように載せられていた。そんなことをした覚えもないし、昼寝をするのならば野外ではなく自宅に戻るはずだ。

では、自分は気を失ってしまい、誰かが上着を掛けてくれたのだろうか。

だが、辺りを見回してもそれらしき人はいない。自分をここまで運んでくれた人は立ち去ってしまったのだろう。

「礼くらい言いたかったんだけどな……」

藤崎は、自分を介抱してくれた誰かに心の中で礼を告げると、ベンチから腰をあげて自宅へと向かう。

早く原稿を書かなくては。

何かを思い出しそうになっていたが、それを自力でたぐり寄せるのは無理なような気がする。

だから、いつも通り資料を集めたり取材をしたりしよう。それでも充分な記事が書けるはずだ。

藤崎はそう確信していた。

そんな藤崎の背中を、彼の死角から眺めている者がいた。

怪談売りだ。

藤崎少年が出会った時のままの姿をした文蔵斐文が、そこにいた。

藤崎はすっかり年齢を重ね、今や、藤崎の方が年上に見える。だが、怪異となった斐文は若いままだった。

藤崎には、この男の呪いがかかっていた。「忘れなさい」という言霊が呪いとなり、藤崎は斐文のことを忘却していた。

「それにもかかわらず、こちら側に来るなんて。我々は妙な縁で結ばれているのかもしれませんね」

怪談売りの手の中には、古い百円玉と五円玉が収められていた。藤崎少年から受け取ったものだ。

真っ当な道を進んで二度と会うことがないと思っていた少年が、まさかオカルトの道に戻ってくるとは思わなかった。

「それでも、あの時のことは思い出して欲しくないんですよ、俊一君。君は優しいから、私に同情して共感してしまうでしょう。それは人の道を踏み外すことへ繫がる。真っ当というのは、何にも染まりやすくもありますから」

怪談売りは溜息を一つ吐くと、踵を返す。まるで、藤崎とは正反対の道を歩むと言わんばかりに。

「君に道を踏み外して欲しくないとは思いますが、それとは別に、君の立場は利用させてもらいますよ。怪談売りという名前を気に入っているわけではありませんが、話を広めてくれるのは都合がいい。――なにせ私は、化け物側ですからね」

怪談売りは薄笑いを浮かべると、少しずつ黄昏に染まる町の中へと消える。

怪談を求める者、もしくは怪談を持っている者のもとへ向かうために。

本書は書き下ろしです。

怪談売り(かいだんう)りは笑(わら)う

蒼月海里(あおつきかいり)

角川ホラー文庫 24382

令和6年10月25日　初版発行

発行者———山下直久
発　行———株式会社KADOKAWA
〒102-8177　東京都千代田区富士見2-13-3
電話 0570-002-301(ナビダイヤル)
印刷所———株式会社暁印刷
製本所———本間製本株式会社
装幀者———田島照久

●お問い合わせ
https://www.kadokawa.co.jp/ (「お問い合わせ」へお進みください)
※内容によっては、お答えできない場合があります。
※サポートは日本国内のみとさせていただきます。
※Japanese text only

ISBN978-4-04-115144-0　C0193

◇◇◇

角川文庫発刊に際して

角川源義

第二次世界大戦の敗北は、軍事力の敗北であった以上に、私たちの若い文化力の敗退であった。私たちの文化が戦争に対して如何に無力であり、単なるあだ花に過ぎなかったかを、私たちは身を以て体験し痛感した。西洋近代文化の摂取にとって、明治以後八十年の歳月は決して短かすぎたとは言えない。にもかかわらず、近代文化の伝統を確立し、自由な批判と柔軟な良識に富む文化層として自らを形成することに私たちは失敗して来た。そしてこれは、各層への文化の普及滲透を任務とする出版人の責任でもあった。

一九四五年以来、私たちは再び振出しに戻り、第一歩から踏み出すことを余儀なくされた。これは大きな不幸ではあるが、反面、これまでの混沌・未熟・歪曲の中にあった我が国の文化に秩序と確たる基礎を齎らすためには絶好の機会でもある。角川書店は、このような祖国の文化的危機にあたり、微力をも顧みず再建の礎石たるべき抱負と決意とをもって出発したが、ここに創立以来の念願を果すべく角川文庫を発刊する。これまで刊行されたあらゆる全集叢書文庫類の長所と短所とを検討し、古今東西の不朽の典籍を、良心的編集のもとに、廉価に、そして書架にふさわしい美本として、多くのひとびとに提供しようとする。しかし私たちは徒らに百科全書的な知識のジレッタントを作ることを目的とせず、あくまで祖国の文化に秩序と再建への道を示し、この文庫を角川書店の栄ある事業として、今後永久に継続発展せしめ、学芸と教養との殿堂として大成せんことを期したい。多くの読書子の愛情ある忠言と支持とによって、この希望と抱負とを完遂せしめられんことを願う。

一九四九年五月三日

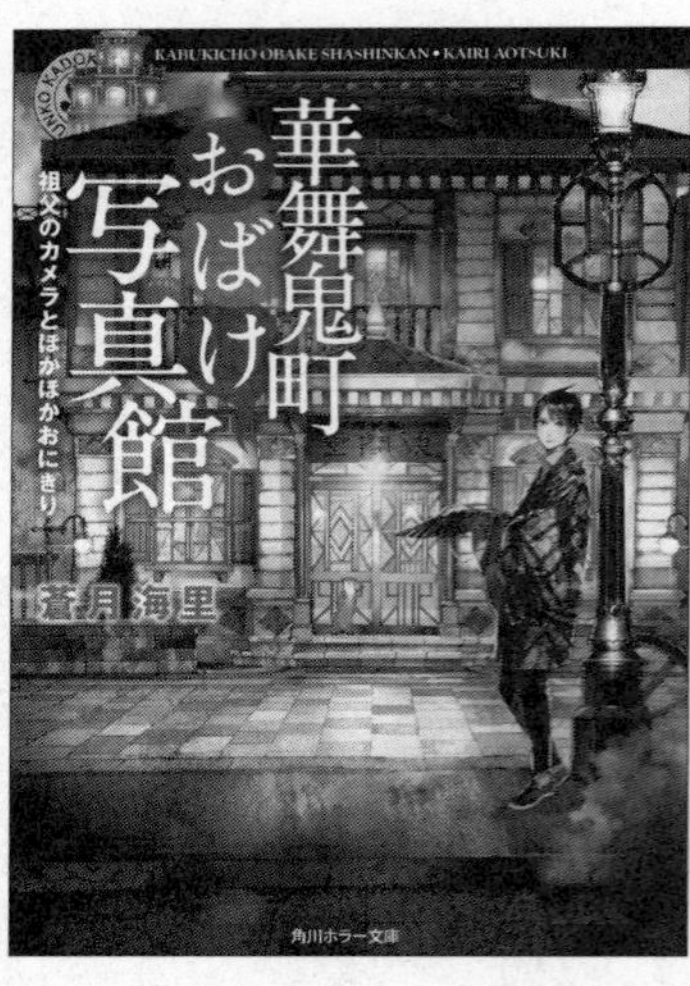

ISBN 978-4-04-105486-4